KB104680

한국이 낯설어질 때 서점에 갑니다

한국이 낯설어질 때
서점에 갑니다

북한 작가 김주성의
남한에서 책 읽기

어크로스

우물 안의 개구리였던 내가
우물 밖으로 뛰쳐나와 처음으로
바깥세상을 보았다.

차례

1부 우물 안의 작가, 우물 밖의 작가

마음껏 자유를 맛볼 수 있는 '우물 밖'에서도
직업적인 소설가가 된다는 것은 조련치 않다는 깨달음도 동시에 얻었다.
그리고 누가 들을세라 중얼거린다.
"하루키쯤 되니까 이런 책도 쓸 수 있는 거지."
'윗동네'에서의 작가놀음도 힘들었지만
'아랫동네'에서도 역시 만만치 않다는 생각이 든다.

2부 내가 몰랐던 남한의 과거

그동안 한국에서 계속 살아온 동년배들을 부러워했었다.
이렇게 좋은 곳에서 태어나 자랐으니
나보다야 행복하고 유의미한 삶을 살았을 거라고.
그런 나의 생각이 틀렸다는 것을 알게 해준 책이
바로 인권변호사 조영래 씨의 《전태일 평전》이었다.

3부 전기가 풍부한 나라에 와서

일이 많은 한국으로 넘어온 이후
일이 없던 북에서의 습관을 버리게 되었다.
바로 '낮잠'이다.

4부 나의 자립 수업

'믿음'은 아주 단순하고 명료한 단어다.
이 단어에 대한 이해가 어려워지는 것은 근본적으로 옳지 않다.
이제 곧 남한에서 태어날 내 아이의 눈을 바라보면서
소중한 종교의 자유를 말해주며, 그렇게 살아가고 싶다.

5부 내게도 일상이 생겼으면 좋겠다

나에게 여행이란 과연 어떤 의미가 있을까? 사실 지금도 아리송하다.
흔히 세계를 알면 시야가 넓어지고 사고도 넓어지고 마음도 넓어진다고 들었다.
어느덧 주변 사람들을 만날 때마다 내가 보고 느낀 점을
스스럼없이 말하고 있는 나를 보고 소스라치게 놀라기도 했다.

프롤로그

"어젯밤 혹시 좋은 꿈 꾸셨어요?"

2년 전 어느 날, 라디오 방송을 함께하던 지인에게서 전화가 걸려왔다.

"아닌 밤중에 홍두깨라더니 좋은 소식이라도 있어요?"

"출판계약을 하자고 러브콜이 왔어요."

"책을 펴내자는 소린가요? 뜻밖인데요?"

사연인즉, '어크로스 출판사'에서 당시 내가 〈경향신문〉에 연재하고 있던 글을 보고 책을 내자는 제의를 해왔다고 한다.

"쥐구멍에도 해 뜰 날이 있다더니 이런 날을 두고 하는 소리 인가 봐요."

"지성이면 감천이죠. 그동안 열심히 쓰신 덕분인 거죠."

지인이 정말 고마웠다. 그로 말할 것 같으면 KBS한민족방송에서 라디오 출연을 함께하면서 알게 된 출판계 종사자였다. 가끔 만나 남북의 문단 이야기를 하다가 친분이 생겨 신문지상에 칼럼을 쓰기에까지 이르렀던 것이다.

말로만 '전직 북한 작가'라고 하지 말고 글을 써서 존재감을 알려야 한다는 지인의 권유를 흔쾌히 받아들여 '소멸' 직전이었던 '작가'라는 정체성을 회복하기로 한 것이다.

솔직히 말해 한국에 와서 제대로 읽어본 책이 없었고, 북한에서 축적된 문학적 소질을 몸 안에 품고만 있었지 표출해볼 생각은 전혀 하지 않았었다. 그러다 지인의 제안을 계기로 나에게 문학이란 어떤 의미였는지를 곰곰이 따져보게 되었다.

북에서 열심히 글을 쓰던 글쟁이가 왜 남한에 내려와서는 책 한 권 읽어보지 않는 '게으름뱅이'가 되었는지, 티끌만 한 지성인의 체면 때문에 읽지도 않을 책을 큼직한 책장에 장식처럼 꽂아놓고 그걸 보면서 다소나마 위안을 느꼈던 나를 과연 '작가'라 칭할 수 있을지.

모든 것이 부족하고 열악한 환경 속에서도 전기가 안 들어오면 촛불을 켜놓고 밤새 읽었던 책들은 그대로 나의 머릿속 서재에 간직되어 있었지만 어느덧 그 서재에 먼지가 쌓이면서 '꼴불견'으로 변했던 것이다.

북한과 비교가 안 될 정도로 자유롭고 좋은 환경에서 살게 되었는데 왜 책을 멀리하게 되었을까?

작가의 상상력은 보다 많은 책을 읽어야 비약적으로 나래를 펼친다고 들었다. 하지만 나의 독서 의욕을 앗아가는 또 다른 유혹이 있었다. 바로 미디어와 그것을 전달하는 '네모난 괴물(TV)'이었다.

그리고 영화! 영화! 영화! 어느새 마약 중독자처럼 영화에 미쳐간 나는 책도 읽지 않고 글도 쓰기 싫어하는 '바보 작가'로 변해가고 있었던 것이다.

조롱 안의 새처럼 사방팔방이 막혀버린 함 속의 나라에서 살 때에는 문학이라는 마술로 자유를 그렸다. 속박과 통제가 없는 문학 세계에 푹 빠져 있을 때가 제일 행복했었다. 그러던 내가 한국에 와서는 영화의 세계에 푹 빠져버린 것이다.

"이번에 작심하고 한번 실력을 발휘하세요. 다시 작가로 거듭나시라고요."

지인의 일침에 매주 칼럼을 써서 신문에 실은 것이 이번 책의 모체가 된 '북한 작가 김주성의 남한에서 책 읽기'였다.

책을 읽고 나면 떠오르는 생각을 글로 옮긴다. 매주 추천해주는 한 권의 책을 읽고 즉흥적으로 떠오르는 생각을 쓰면서 내 몸의 한구석에 버려져 있던 잠재력이 서서히 깨어나는 것을 느끼게 되었다. 북한에서 책을 읽고 독후감을 쓸 때와는 전혀 다른 느낌이었다.

그 땅에서는 각자가 속해 있는 정치조직이 추천해주는 책을 읽고 정해진 날에 군중 앞에서 감상을 이야기하는 것이 관례였다. 결국 재미도 없는 책에 대한 호평 일색으로 독후감을 써서 발표해야 했던 것이다.

그렇게 살던 내가 마음대로 책을 골라서 생각나는 대로 글을 쓸 수 있게 되었으니 얼마나 좋았겠는가. 거기에 내가 쓴 글이 늘어나고 인터넷에 오르면서 결국 출판사의 제안까지 들어온 것이다.

합정동의 한 카페에서 출판사 사람들을 만나 계약서에 사인하던 날, 너무너무 기뻤다. 심지어 계약금까지 받게 되니 기세는 하늘을 찌를 듯했고 의욕은 흘러 넘쳤다.

"김 선생님은 북에서도 글을 쓰셨는데 창작 속도는 빠른 편인가요?"

"네, 좀 빠르다는 소리를 많이 들었어요. 단편소설 한 편을 3개월 안에 끝낸 적도 있어요."

"우리 속전속결할까요? 길게 잡아 3~4개월은 어떤가요?"

"실망시키지 않겠습니다."

하지만 계약이 성사된 그날이 벌써 몇 년 전이 되었다. 실망시키지 않겠다던 맹세는 온데간데없어지고 충분히 실망시키고도 남았다. 거의 3년 동안 나는 일상에 파묻혀 살았고 먹고사느라 바빴다. 하루에 두 시간씩 글을 쓰자던 맹세가 허언이 되어버린 셈이다. 자유의 땅에 와서 마음껏 필봉을 휘둘러야 할 내가 월말마다 통장 잔고와 신용카드 내역서 앞에서 한숨을 쉬고 세금 고지서 앞에서 투덜대고 있었다.

"선생님, 이번 달에는 좀 써보시렵니까?"

가끔 날아오는 출판사의 문자를 보면서 때로는 "노력해볼게요"라고 듣기 좋은 거짓말을 하고 때로는 답변을 하지 않을 때도 있었다.

처음의 의욕과 기세는 없어지고 도무지 쓸 생각이 없어졌다.

그러던 어느 날 일본의 출판사에서 계약을 하자는 요청이 들어왔다. 바로 2년 전(2017년) 초봄의 일이었다. 북한 선전선동의 실체와 작가들의 일상을 서술한 책인데 거의 300페이지 분량이었다.

"선생님, 1년 안에 끝낼 수 있을까요?"

출판 계약을 하던 날, 질문을 받고 또다시 호언장담했다.

"네, 실망시키지 않겠습니다."

똑같은 답변을 하고 나서 그해 8월부터 집필을 시작하여 작년 4월에 출판을 했다. 결국 그쪽 출판사를 실망시키지 않았던 것이다. 책이 나온 지 한 달쯤 되었을 때였다. 오랜만에 어크로스 출판사에서 문자 한 통이 날아왔다.

"선생님, 책을 내셨던데요? 잘 읽었습니다."

편집 담당자인 강태영 씨의 문자를 보고 놀랐다. 일본어 책인데 어떻게 읽었을까. 알고 보니 강태영 씨는 일본어를 할 줄 알았던 것이다. 갑자기 밀려오는 자책감 때문에 쥐구멍에라도 들어가고 싶어졌다.

"선생님, 이젠 써주실 건가요?"
"네, 열심히 하겠습니다."
그 '열심히'가 또 1년이 되었다. 이 책은 그렇게 오랜 세월(?)을 거쳐서 태어났다. 여러 가지 책을 읽고 남북을 비교하면서 미처 몰랐던 남한 사회의 구석구석을 알아가는 과정에서 글로 엮은 이 책은 독자들이 평소 궁금했을 '북한 사람'의 생각과 '북한 사람'이라서 볼 수 있었던 자유세계의 장단점을 열심히 기록한 것이다.

이 책에 어떤 책을 소개해야 할지 고민을 많이 했다. 또한 어떤 책을 읽어봐야 나의 궁금증이 해소되고 내가 하고 싶은 이야기가 나올지도 많이 고민했다. 하지만 기다림에 능통한 강태영 씨께서 빨리 글을 쓰라고 많은 책을 추천해주셨다.
우물 안의 개구리였던 내가 우물 밖으로 뛰쳐나와 처음으로 바깥세상(남한 사회)을 보았다. 김연수의 《소설가의 일》, 김훈의 《너는 어느 쪽이냐고 묻는 말들에 대하여》, 전성태의 〈이미테이션〉 같은 글을 통해 나는 우물 밖의 개구리가 새롭게 느끼는 삶의 가치를 솔직담백하게 써나갈 수 있었다. 마냥 행복하고 자유로운 땅인 줄로만 알았던 대한민국이 과거에 겪은 아픔을 통감하게 했던 안은별의 《IMF 키즈의 생애》, 조영래의 《전태일 평전》 덕분에 나의 이야기는 꼬리에 꼬리를 물고 쏟아졌다.

또한 남한 생활이 길어지고 언제부터인가 삶의 고단함을 느끼게 되면서 새삼스럽게 동정하게 되었던 대한민국 아빠들을 그린 에리크 쉬르데주의 《한국인은 미쳤다》, 맷 타이비의 《가난은 어떻게 죄가 되는가》, 한때 온 국민을 비애에 잠기게 했던 대형 참사의 아픔을 다룬 세월호 참사 시민기록위원회 작가기록단의 《금요일엔 돌아오렴》을 비롯해서 북한 사람이 처음으로 접해보는 종교 이야기를 다룬 율리우스 슈노어 폰 카롤스펠트의 《아름다운 성경》, 김형석의 《왜 우리에게 기독교가 필요한가》도 나의 지평을 넓히는 데 큰 도움이 되었다.

결국 여기 실린 글들은 내 인생 행로를 압축한 기록들이다. 이 책이 나오기까지 무려 5년이라는 세월이 걸렸지만 여전히 부족한 점이 있을 것이다. 하지만 아직도 어설픈 신참을 대하듯 너그럽게 봐주시고 많은 관심을 가져주시기 바란다. 아울러 몇 년 동안 최대의 인내력을 가지고 기다려준 어크로스 출판사와 편집자 강태영 씨에게 다시 한 번 머리 숙여 인사를 보낸다. 나의 자그마한 문학적 소질을 끝까지 꽃피워주신 것에 정말 감사드린다.

1부

우물 안의 작가,
우물 밖의 작가

마음껏 자유를 맛볼 수 있는 '우물 밖'에서도
직업적인 소설가가 된다는 것은 조련치 않다는 깨달음도 동시에 얻었다.
그리고 누가 들을세라 혼자서 중얼거린다.
'하루키쯤 되니까 이런 책도 쓸 수 있는 거지.'
'윗동네'에서의 작가놀음도 힘들었지만 '아랫동네'에서도
역시 만만치 않다는 생각이 든다.

북한에서 소설가로 살면서
나는 과연 무슨 일을 했던가

김연수 《소설가의 일》

남한에 와서 아직 변변한 소설 한 편 쓴 적이 없지만, 그래도 나는 자칭 소설가다. 요즘에는 수기나 학술적인 글을 꽤 쓰고 있지만, 그래도 나 자신을 소설가라고 생각하고 있다. 그런다고 뭐라 할 사람이 없는 게 남한 사회라는 믿음 덕분이다. 그렇게 자기 위안을 하다가 읽게 된 책이 김연수의 《소설가의 일》이라는 산문집이다.

2012년 2월부터 2013년 1월까지, 꼬박 1년 동안 연재됐던 산문들을 모은 이 책은 제목 그대로 '소설가의 일'에 대한 것이다. 김연수 작가는 소설가의 일에는 여러 가지가 있다고 말한다. 소설을 쓰는 일도 있고, 산문을 쓰는 일도 있다. 취재를 하기 위해 누군가를 만나는 것도, 마감을 위해 30분씩 끊어서 잠을 자는 것도, 마감이 끝난 뒤의 한가함을 맛보기 위해 아무도 없는 오후의 탁구장에서 탁구를 치는 것도, 다른 작가의 시상식에 갔다가 돌아오는 새벽의 택시 안에서 한강을 바라보는 일도 모두 소설가의 일이라고 얘기한다. 그렇게 소설가는 생각보다 많은 일을 한다.

《소설가의 일》을 읽으면서 '북한에서 소설가로 사는 동안 나는 과연 무슨 일을 했던가'를 생각했다. 돌이켜보니 나 역시 참 많은 일을 했다. 소설을 썼고, 취재를 위해 누군가를 만나 술도 마셨고, 원고를 완성한 다음 출판사 편집원에게 뇌물로 담배 한 보루를 몰래 주기도 했고, 먹을 쌀이 떨어져 자전거를 타고 농촌 마을에 가기도 했고, 사는 것이 너무 고달파서 부부싸움도 했고, 홧김에 동네 강아지를 걷어차기도 했다. 그러고 보니 소설가였던 나는 북한에서도 무척 많은 일을 했다.

북한에서는 소설가가 되기도 힘들지만 글을 쓰기도 힘들다. 저 이상한 나라에서 문학이란 사상 교양의 강력한 무기이자 선전선동 수단의 양식일 뿐이다. 글을 써도 사회주의적 사실주의와 비판적 사실주의에 근거해 제도와 이념을 찬양하고 국가 지도자에 대한 우상화를 선전하는 내용으로만 일관되어야 했다. 당시 나는 그런 현실을 '억지문학' 또는 '아첨문학'이라고 자조했다. 그러나 그런 악조건 속에서도 꽤 여러 편의 작품을 썼다.

《소설가의 일》을 읽으면서 나는 한국의 독자는 느끼지 못할, 나만의 가슴 뜨거워짐을 느꼈다. 불과 몇 해 전에 나는 이 땅을 밟기 위해 목숨을 걸었다. 글쓰기의 자유로움을 위해!

하지만 지금의 나는 자유로움 속에서도 소설책 한 권 펴내지 못했다. 어쩌다가 나는 이렇게 됐을까? 새로 개봉한 영화를 봐야 하고, 여행을 가야 하고, 맛집을 찾아다녀야 하고…. 북에서 해보지 못한 일들을 다 해본 후에나 작품을 써야 한다면 아마도 나는 영원히 '망명 전직 작가' 신세를 면치 못할 듯하다.

새로운 삶에 적응해야 한다는 핑계로, 밥벌이에 쫓긴다는 변명으로, 나는 어느덧 작가로서의 정체성을 조금씩 잃어가고 있었다. 그러던 중에 읽은 《소설가의 일》은 작가로서의 나를 뜨겁게 다시 일으켜 세웠다.

글을 쓰는 재미, 그 글을 누군가 읽어주고 공감해주는 기쁨, 기탄없이 던져주는 평가. 글을 쓰는 사람만이 느낄 수 있는 감성들이 그리워지면서 '소설가의 일'을 다시 시작할 의욕이 생겼다.

글은 꼭 책으로만 출판되어야 한다는 법은 없다. 카페나 블로그를 통해 얼마든지 '소설가의 일'을 손쉽게 해낼 수 있는 세상을 살고 있음을 새삼 깨닫게 되었다. 삶이 힘들고 고단할수록 소설가는 자신의 일을 해야 한다. 때로는 내 글이 독자에게 힘이 되고 기쁨이 될 수도 있기 때문이다. 출판사 입장에서는 그리 반가운 일이 아닐지 몰라도 전 국민이 소통하고 공감할 수 있는 온라인 세상은 말 그대로 소설가의 새로운 일터이기도 하다.

요즘엔 온라인상으로 유명해진 소설가들도 적지 않다. 그들은 온라인상의 유명세에 힘입어 강연 활동도 활발히 이어간다. 덕분에 소설가인 내가 할 일이 자꾸만 눈에 띈다.

사방이 막힌 곳에서도 글을 쓰던 내가 사방이 확 트인 자유의 땅에서 아무것도 쓰지 못하고 있다는 것 자체가 모순이다.

북한에서 '그냥 작가'로 시작해 '탈북 작가'와 '전직 작가'를 차례로 거쳐서 다시 '현직 작가'가 돼야 하는 이 남다른 길. 김연수의 산문《소설가의 일》은 죽었던 작가 하나를 살려내고 있다. 이 고마운 책을 써준 김연수 작가에게 언젠가 꼭 소주 한잔을 대접하고 싶다.

우물 안의 작가, 우물 밖의 작가

무라카미 하루키 《직업으로서의 소설가》

북에 사는 동안 '장마당'이라고 불리던 시장에서 한국 드라마나 영화가 담긴 CD를 살 때면 장사꾼 아줌마에게 귓속말로 이렇게 묻곤 했다.

"아랫동네 영화나 드라마 있어요?"

'아랫동네'란 '한국'이라는 단어를 입술 모양만으로 표현해도 추궁을 받거나 졸경을 치르던 '윗동네'에서 쓰던 은어였다.

영화나 드라마뿐만 아니라 '아랫동네'의 출판물도 금지된 '윗동네'에서 유일하게 합법적으로 보급된 소설은 황석영 작가의 《장길산》뿐이었던 것 같다.

모든 외부 문화나 정보가 폐쇄된 '윗동네'는 그야말로 '우물 안의 사회'였다.

윗동네를 떠나 아랫동네로 내려온 지도 어느덧 10년의 세월이 흘렀다. "10년이면 강산도 변한다"라는 말이 있지만 나 자신도 많은 것이 변했다.

"김 선생님, 뱃살이 장난 아니네요. 운동 좀 하셔야겠네요."
"네, 자본주의의 뱃살이죠."

오랜만에 만난 한국 지인과 이런 대화를 하면서 북한 작가로 살아온 지난 10년을 뒤돌아보았다.

자칭 작가로 신문이나 잡지에 에세이도 써보고 잡지에 단편소설도 두 편 실었으며 작년 4월에는 일본에서 '뛸 수 없는 개구리'라는 제목의 책을 한 권 내기도 했다.

그러면 뭐하랴, 그 책이 베스트셀러에 오른 것도 아닌데.

이런저런 잡념에 잠겨서 매의 눈으로 서점을 살펴보다가 눈길이 꽂힌 책이 무라카미 하루키의 저서였다. '직업으로서의 소설가'라는 제목이 무엇보다 구미에 당긴다.

요즘 들어 유치원에 다니기 시작한 딸이 자기는 커서 '공주님'이 되고 싶다고 노래처럼 외운다. 나 역시 언젠가는 무라카미 하루키와 같은 작가가 되고 싶다고 노래처럼 외우고 있다. 누가 들을세라 속으로 조용히.

《직업으로서의 소설가》는 "'무라카미 하루키처럼' 되기 위해서는 어떻게 해야 하는가라는 질문에 답하는 책"이라는 서평도 보았지만 나는 "소설로 먹고살 수 있는 작가가 되기 위해서는" 어떻게 해야 하는가를 서술한 책이라고 말하고 싶다. 책에서 저자는 문인이라는 구태의연한 허상을 벗어던지고 그야말로 생업으로서의 소설가에 대해 말하고 있다. 더불어 35년 동안 끈질기게 소설을 써내기 위한 일상적인 노력과 실천에 대해서도 서술하고 있다.

또한 건전한 야심을 품고 해외시장에 도전한 개척자로서의 모험과 성공을 다루면서 작가가 소설로 먹고살기 위해 자신의 생업에 대해 지녀야 할 자질과 태도를 12개의 장에 구체적으로 밝혔다. 문단 권력의 거센 공격과 세상에 난무하는 문학에의 오해에 대한 친절한 설명서이자 소설가와 소설가 지망생이 국내를 뛰어넘어 세계적인 베스트셀러 작가로 성장하게 해줄 힌트가 가득 담긴 책인 듯하다.

《직업으로서의 소설가》는 '하루키스트'라는 신조어가 생길 정도로 전 세계에 독자가 많은 반면, 평론가들의 혹평도 잔뜩 받고 있는 그의 35년 작가 인생을 더듬어볼 수 있게 하는 책이다. 어쨌거나 이 책에서 나의 마음을 끈 것은 제목이었다. 내가 '아랫동네'에서 작가를 하고 싶다고 했을 때 어떤 분이 이렇게 말씀해주셨다.

"글만 써가지고는 먹고살기 힘들어요."

"베스트셀러나 밀리언셀러가 되면 사정이 다르겠죠?"

'윗동네'에도 작가는 존재한다. 그리고 직업군에 '작가'라는 항목이 따로 명시되어 있다. 국가기관인 작가동맹위원회가 있고 '취재'라는 명분으로 방방곡곡을 마음대로 돌아다니기도 한다.

북에서도 작가 흉내를 내면서 단편소설을 여러 편 출판했지만 결국에는 정해진 틀에서 벗어날 수 없는 체제 선전을 위한 일종의 프로파간다propaganda였다고 본다.

"선생님, 북한의 문학작품에는 종자가 있다는데 그게 뭐예요?"

지방의 어느 중학교에서 통일교육을 할 때 여중생에게 이런 질문을 받은 적이 있었다.

"네, 맞아요. 북한 책을 땅에 묻으면 거기서 싹이 트고 나무가 자라 빨간 열매가 달려요. 그 열매를 따먹으면 머리에서 뿔이 나고 얼굴이 빨개져요."

북한 지도자가 제시한 문학작품의 '종자론'을 일일이 설명할 수 없어서 장난 삼아 던진 답변이었다.

'윗동네'의 작가들은 '직업적인 소설가'다. 국가의 월급을 받고 해마다 정해진 수만큼 무조건 작품을 써서 출판해야 한다. 소설가의 경우 1년에 단편 두세 편, 3년에 중편 한 편이었던 것 같다. 당국이 제시한 과업을 완수하지 못하면 '부진작가'로 낙인찍혀 종당에는 동맹에서 퇴출되고 다른 직업을 선택해야 한다. 그렇다고 해서 내가 부진작가로 퇴출되었다가 '아랫동네'에 온 것은 절대 아니다.

작년에 일본에서 책을 출판했을 때 처음으로 '인세'라는 것을 받아보았다. 열심히 글을 써서 얻은 결과물이 너무나도 감동이었다. 물론 북한에서도 원고료라는 것을 받았지만 그 가치는 비교할 수 없을 정도다. 역시 '우물 안과 우물 밖'의 차이는 확실히 컸다.

한국에 와서 글을 쓰면서 얻은 깨달음은 '책은 팔기 위해서 쓰는 것'이라는 것이다. 그런 의미에서 무라카미 하루키의 《직업으로서의 소설가》는 나에게 큰 감명을 주었다. 하지만 현실은 여전히 냉혹하며 쉽지만은 않다. 마음껏 자유를 맛볼 수 있는 '우물 밖'에서도 직업적인 소설가가 된다는 것은 조련치 않다는 깨달음도 동시에 얻었다. 그리고 누가 들을세라 중얼거린다.

"하루키쯤 되니까 이런 책도 쓸 수 있는 거지."

'윗동네'에서의 작가놀음도 힘들었지만 '아랫동네'에서도 역시 만만치 않다는 생각이 든다. 공과금, 통신비, 교통비, 생활비에, 사랑하는 딸의 유치원비와 간식비까지 내야 한다.

무라카미 하루키와 같은 직업인으로서의 소설가가 되려면 과연 몇 편의 베스트셀러를 써야 하는지 속셈을 하면서 유치원으로 향했다.

퇴원하는 딸을 모시러 가는 것이 나의 직업이기도 하니까.

도쿄-평양-서울, 종착은 자유

최인훈 〈광장〉

"이번 연휴에 휴가 계획 있으세요?"

언제부터인가 이런 질문을 자주 받았다. 처음에는 놀러 가기 위해서도 '계획'을 세운다는 것이 이상하게 들렸다. 생산계획, 사업계획, 학습계획, 국가계획… 등등 '계획'이라는 말은 북한에서도 귀에 혹이 생길 정도로 흔히 들어보았지만 놀러 가기 위한 계획은 없었다.

"집에 편하게 누워서 TV를 볼 계획은 있습니다만."

"아니, 해외여행이라도 가셔야죠. 요즘 동남아 쪽도 핫한데."

노는 계획이 해외로 뻗어가면서 점점 방대해진다. 아직 한번도 해외에 놀러 간 적이 없었기 때문에 묵묵부답으로 돌아선다.

물론 이런 대화가 오갈 때마다 '자유'의 진미를 새삼스럽게 느낀다. 마음만 먹으면 세계 방방곡곡 떠날 수 있는 자유, 물론 북한은 빼고.

자유는 꼭 해외로 나가야만 절감할 수 있는 것은 아니라고 생각한다. 국내에도 가정에도 자유는 소소하게 있는 법이라고, 해외로 놀러 가지 못하는 나 자신을 달래본다.

그리고 나만의 자유를 찾아 서점으로 향한다. "나는 자유롭다"라는 주문으로 자체 최면을 걸면서 집어든 책이 최인훈 선생님의 〈광장〉이었다.

지인이 한번 읽어보라고 추천해준 책이었지만 워낙 오래된 작품이라 큰 기대는 하지 않았다.

그러나 내용을 파고들면서 무척 놀랐다. 어찌 보면 이 책은 내 탈북에 대한 예언서라는 인상을 받았다. 역사적인 배경은 다르지만 해방 직후부터 6.25 전후 시기를 지나는 동안 주인공이 남과 북을 오가면서 서로 다른 이념과 제도 때문에 겪어야 했던 인생사가 현재 탈북민들의 처지와 너무도 유사하다는 생각이 들었다.

〈광장〉은 최인훈 작가의 가장 유명한 작품으로서 남북한의 이데올로기를 동시에 비판한 최초의 소설이다. 전후 문학을 마감하고 1960년대 문학의 지평을 열었던 작품으로도 평가되고 있다. 〈광장〉은 4.19혁명이라는 역사적 사실을 빼고는 논의하기 어려울 만큼 1960년대의 사회적인 상황과 긴밀하게 연관되어 있다. 작품의 프롤로그에 해당하는 부분에서 작가는 "구정 권하에서라면 이런 소재가 아무리 구미에 당기더라도 감히 다루지 못하리라는 걸 생각하면 저 빛나는 사월이 가져온 새 공화국에 사는 작가의 보람을 느낍니다"라고 서술했을 정도다. 작가가 말하고 있듯이 〈광장〉은 1960년대의 분위기가 만들어 낸 작품이라고 할 수 있다.

나의 조부님은 경상도 사람이다. 일제강점기에 일본으로 건너가셨고 나는 거기서 태어났다. 그리고 이념 때문에 북한으로 갔고 나도 뒤를 따랐다. 당시 10대 소년이었던 나는 이념과 제도의 개념조차 제대로 몰랐다. 다만 편견과 차별이 없는 사회주의 지상낙원에서 행복한 미래를 바랐을 뿐이었다. 그러나 그곳엔 자유가 없었다. 햄버거도 라면도 없었다.

결국 탈북을 하여 조부님의 고향인 대한민국에 정착하게 되었다. 조부님이 1930년대에 일본으로 떠나셨으니 거의 80년 만에 출발점으로 돌아온 것이다.

도쿄-평양-서울. 반평생에 가까운 인생 행로에서 내가 지나온 플랫폼들이다.

"왜 일본에서 북한으로 가셨어요? 쉽게 생각해도 선·후진국의 개념은 또렷했을 텐데."

나의 과거사를 파악하신 분들은 가끔 이런 질문을 던진다.

"지상낙원이라고 하니까 그런 줄로만 알았죠."

내가 도착했던 '지상낙원'에서의 30여 년을 짧은 글에 모두 담아낼 수는 없다. 다만 북한에 도착했을 때 먼저 건너간 분이 들려줬던 의미심장한 말이 지금도 생생하다.

"이 땅에서 입은 머릿속에 있는 생각을 덮어두기 위한 뚜껑이라고 생각해. 그냥 물이나 마시고 음식을 먹기 위한 입이라고."

이 말을 충분히 이해하기까지 10년 이상 걸렸다.

언제부터인가 '무엇을 바라고 이곳에 왔으며, 과연 이 땅에 부족한 것은 무엇인가'를 고민하게 되었다. 결국 나는 30여 년 만에 평양을 떠났다. 삼엄한 경계가 펼쳐진 두만강을 빠져나와 중국 땅을 거쳐 인천공항에 내린 그날, 지금까지 맛보지 못했던 안도감과 포근함을 느꼈다.

정장 차림의 신사분이 나에게 던진 첫 마디가 지금도 귀에 쟁쟁하다.

"고생하셨습니다. 대한민국에 오신 것을 환영합니다!"

"한국에 와서 제일 좋았던 점이 뭡니까?"라는 질문을 받았을 때 나는 스스럼없이 이렇게 답했다.

"24시간 정전 없이 전기가 들어오고 24시간 수돗물이, 그것도 온수까지 나오고 가스로 취사할 수 있는 것이 제일 좋았습니다."

너무나도 소박한 자유의 맛이었다. 물론 지금은 자유의 기준도 훨씬 업그레이드된 것만은 사실이다. 충분히 자유로운 듯하면서도 여전히 뭔가 아쉬움이 남는 자유도 있는 것 같다.

가끔 회식을 하다 보면 늦은 시간에 걸려오는 아내의 전화 벨소리에 왠지 등골이 오싹해지곤 한다. 그럴 때마다 자유를 구속당하는 느낌이 드는 것은 어떻게 해석해야 할지 모르겠다.

서재에서 열심히 자유에 관한 글을 쓰고 있는데 안방에서 아내가 카드 사에 전화를 거는 목소리가 들려온다. 카드 내역 문자를 자기 휴대전화로도 보내달라고 요청하는 모양이다.

"아빠, 이건 무슨 돈이야?"

딸애가 책꽂이의 책갈피 속에 감춰두었던 비상금을 찾아낸다.

"안 돼! 그건 아빠의 마지막 자유야."

딸아이의 낭랑한 목소리를 듣고 층간 소음에도 아랑곳없이 급하게 달려온 아내가 입가에 미소를 띤 채 손바닥을 내민다. 생활의 구석구석에 숨겨놓았던 자유가 사라지는 것을 보면서도 나는 뿌듯했다.

북에서 온 사람은 보수 편에 서야 한다고?

김훈《너는 어느 쪽이냐고 묻는 말들에 대하여》

10년 전 '윗동네'에서 '아랫동네'로 이사를 왔을 때 놀랍거나 의문스러웠던 문제가 한둘이 아니었다. 특히 처음으로 선거를 맞이했을 때 당이 너무 많은 것도 신기했고 그 당들이 또 '여'와 '야'로 나뉘어 있는 것을 보고도 놀랐다.

언젠가 북에서 금방 오신 분이 내게 하는 말.

"선거하러 갔다가 망신만 당했습니다. 무슨 도장 같은 것이 있기에 그냥 빈칸에 다 찍었거든요."

그분은 그렇게 모든 입후보자를 다 찍어놓고는 표를 함에 넣지 않고 "이렇게 하는 것이 맞는가"라고 곁에 있던 사람에게 물어보았다고 한다. 그에게 몰라서 그런 것이지, 망신은 아니라고 위로해주었다.

사실 나도 처음에는 그랬다. 편의점에서 물건을 잔뜩 사고는 담아갈 뭔가가 필요해 사장님에게 "미안한데 지함紙函이 없을까요?"라고 물었던 적도 있다.

"네? 지함이 뭐예요? 아, 종이 박스요?"

남한에서는 박스라고 해야 통한다는 것을 알고는 멋쩍어하던 '사회주의 촌놈'은 오늘도 책방(서점)에 가서 어김없이 한 권을 골라 들었다. 한 집에서 이념과 제도의 차이 때문에 생긴 많고 많은 의문을 통감하면서.

"너는 어느 쪽이냐고 묻는 말"이라는 문구가 확 안겨왔다.

총 4부로 구성된 이 책은 시대의 흐름 속에서 한국 사회가 처한 위기를 고스란히 반영하고 있다. 저자는 비판을 뒤섞은 풍자를 바탕으로 정치, 문화, 예술, 자연, 그리고 삶에 대한 통찰을 보여주면서, 보수주의와 진보주의에 발을 거는 등 한국 사회를 유머러스하게 역설적으로 재구성했다.

아닌 게 아니라 남한 사회의 구성원으로 10년을 살다 보면 가끔 누군가에게서 이런 질문을 받게 된다.

"김 선생은 보수예요, 진보예요?"

"네? 잘 모르겠어요. 그런 자격은 어느 학원에서 따는 건가요?"

"아니, 우파냐 좌파냐 하는 겁니다."

"아니, 이건 뭐 운동회도 아니고 왜 파가 갈려 있는 건가요?"

물론 보수나 진보의 개념은 충분히 알고 있었지만 사회의 양극화가 이렇게 첨예한 줄은 솔직히 몰랐다. 더욱 놀랍게도 집권당에 따라 '보수정권', '진보정권'(좌파정권이라고도 하던데 조심스럽게 언급해봅니다)이라는 표현을 쓰는 것을 듣고는 차이점을 이해해보려고 노력한 적도 있었다. 이념의 차이는 남과 북에만 있는 것이 아니라 남한 안에도 있다는 것을 깨닫게 되었다.

"보수는 뭐고 진보는 뭐예요?"

북에서 오신 분이 문득 내게 물었던 적이 있다. 삼겹살을 맛있게 먹고 있던 찰나에 날아온 질문이었다.

"북한을 부수자와 고치자의 차이일 거예요. 아니면 싸우자와 친하자인지도 모르고요. 삼겹살이나 빨리 드세요."

"북에서 온 사람들은 보수 편에 서야 한다고 하더라고요."

그날 나는 어느 편도 아닌 삼겹살 편이었다.

이념이나 정치적 성향에 대한 개념조차 없었던 '윗동네' 사람들의 정체성은 불투명한 것 같다. 물론 북한은 1국 1당제이며 '사회민주주의'를 이데올로기로 정하고 있다. 즉 개인보다 사회를 먼저 민주주의화하면 사회구성원인 개인도 평등하게 잘살 수 있다는 논리다. 그래서 개인보다 사회의 구성 원칙을 먼저 세우고 개인을 사회라는 범주 안에 귀속시킨 다음 집단 정신을 강조하고 그를 위해 제도적 통제를 공권력과 법질서로 강화한다.

그래서 북한은 식량을 비롯한 모든 수요를 국가의 총괄적인 공급으로 충당하는 사회 시스템이다. 하지만 1990년대부터 국력이 한계점에 도달하여 주민들이 자생적인 '자본주의 시장제도'를 구축하고 국가의 공급 없이도 자생적으로 살아갈 수 있는 개인적인 존재로 바뀌기 시작했다. 많은 분들이 잘 알고 있는 '장마당'이 도처에 생겨난 것이다.

북한 주민들은 장마당을 정당에 비유하며 집권당인 노동당보다는 장마당에서 생업을 유지하게 되었다. 즉 자본주의 요소와 사회주의 요소의 양극화가 시작된 것이 지금의 북한 사회다.

몇 년 전, 택시를 타고 급히 이동할 일이 있었다. 시간이 급해서 기사님에게 안타까움을 호소하며 이렇게 말했다.

"기사님, 좌회전을 하면 금방인데, 서울은 왜 좌회전이 안 되는 구간이 많을까요?"

내가 던진 물음에 기사님은 뒤도 돌아보지 않고 짤막하게 입을 열었다.

"보수정권이잖아요."

순간 어리둥절해진 나는 한참 만에야 기사님이 건성으로 던진 답의 의미를 알아챘다. 좌와 우로 양극화된 정치 이념을 은 근히 야유한 것이라고 말이다.

당시는 촛불 시위와 태극기 시위가 연일 이어지던 때였다. 촛불 집회에 10대 학생들도 함께했던 장면이 인상에 남는 동시에 고령의 어르신들이 태극기를 손에 들고 힘겹게 걸어가시는 모습 또한 스쳐 지나갈 수가 없었다.

기사님의 답변을 듣고 생각이 착잡해진 내가 한마디 했다.

"그런데 이상하네요. 대한민국의 자동차는 운전석이 좌측에 있네요? 오른쪽으로 옮겨야 하지 않나요?"

순간 기사님이 고개를 획 돌리시더니 나를 다시 한 번 훑어보셨다.

"어디서 많이 본 얼굴인데? 혹시 북한에서 오신 그분인가? TV에도 많이 나오는."

갑자기 친근한 말투로 바뀌시더니 또 물으신다.

"김주성 씨는 어느 편에 서서 우리나라를 생각하고 계세요? 북에서 오신 분들은 대체로 보수 편이라고 들었는데."

한때는 나도 그렇게 생각한 적이 있었다. 하지만 생각은 바뀌기 마련이다.

"저는 행복하게 잘살자고 대한민국에 왔습니다. 자유롭고 행복해지고 싶은 그 마음에 방향이 있어야 할까요?"

기사님이 내 말을 듣고는 갑자기 다음 신호에서 좌회전을 하셨다. 물론 교통신호 위반이었다. 덕분에 나는 약속 시간에

늦지 않고 목적지에 도착할 수 있었다.

순간 "나는 어느 쪽도 아닌 대한민국 편이고 이 나라 국민이다!"라고 외치고 싶었다.

도대체 나는 어디서 온 사람일까?

서경식 《디아스포라 기행》

평소에 대화를 하다 보면 "고향이 어디냐?"라는 질문이 자주 오간다. 당연히 한국 사람들은 자기가 태어난 곳에 꼭 '사람'이라는 단어를 붙이기 마련이다.

지인들은 나를 '북한에서 온 사람'이라고 부른다. 물론 '탈북민', '새터민', '북향민'이라고 부르는 경우도 있다. 또한 그런 표현들이 이질감을 주고 차별적인 시선을 담은 것 같다면서 '자유민'이라고 부르자는 분들도 계신다. 하지만 나는 대한민국에 입국한 뒤에 분명히 주민등록증을 발급받고 대한민국 국민이 되었다.

"북한에서 살다 온 김주성입니다."

어디서 자기소개를 할 때는 꼭 이렇게 말한다.

그러면 "북한 사람처럼 안 생겼어요!"라는 말도 자주 듣는다. 그럴 때마다 꼭 이렇게 물어본다.

"그럼 남한 사람은 어떻게 생겼어요?"

내가 보기에는 남이나 북이나 같은 민족이고 당연히 생김새도 똑같다. 아니, 한국 사람이나 북한 사람이나 중국 사람이나 일본 사람이 모두 생김새가 비슷한데 도대체 북한 사람 특유의 어떤 특징이 있다는 건지 궁금하기도 하다.

예전에는 반공교육을 하면서 북한 사람은 "얼굴이 빨갛고 머리에 뿔이 달렸다"라고 가르쳤다고 한다. 한국 사람들은 그걸 사실이라고 생각해온 것일까?

언젠가 함께 공부하던 대학원 친구가 내게 서경식 선생님을 아는지 물었다. 잘 모른다고 했더니 "그분도 선생님처럼 재일교포세요"라는 답이 돌아왔다.

그래도 모른다고 했더니 "그럼 서승 형제에 대해서는 아세요?"라고 다시 묻는다.

서승 형제 사건은 북에서 들어본 적이 있었고 심지어 영화로까지 만들어졌다. 그런 이야기와 함께 '유학생 간첩단 사건'이 북에서는 영웅담처럼 여겨진다고 말해주었다.

그러자 서경식 선생님이 바로 서승 형제의 동생분이라는

대답이 돌아왔다. 호기심을 느낀 나는 그분이 쓴 책을 읽게 되었다.

《디아스포라 기행》은 전 세계에 흩어져 있는 코리안 디아스포라 600만 명 가운데 한 명인 재일교포 2세 서경식이 20년간 런던, 잘츠부르크, 카셀, 브뤼셀, 런던, 파리, 광주 등을 여행하며 디아스포라적인 삶의 유래와 의미를 탐색한 책이다. 당연히 내용도 좋지만 저자가 나와 같은 재일교포라는 점에 더욱 관심이 갔다.

저자는 1951년 일본 교토에서 재일조선인 2세로 태어나 1974년 와세다대학 문학부 프랑스문학과를 졸업하고 현재 도쿄케이자이대학 교양학부 교수로 재직 중이다. 리쓰메이칸대학 교수인 서승과 인권운동가인 서준식의 동생으로서 방북으로 인해 구속되었던 형들의 석방과 한국의 민주화를 위해 활동한 경력이 있다. 이때의 장기적인 구호 활동의 경험은 이후 사색과 문필 활동으로 연결되었으며 인권과 소수 민족을 주제로 활발히 강연 활동을 펼쳐왔다고 한다.

나 역시 일본에서 태어난 재일교포 3세. 10대에 조부모님을 따라 북한에 갔고 30여 년을 살다가 '탈북'해서 현재는 대한민국에서 살고 있다. 또한 나도 저자처럼 디아스포라diaspora라는 단어를 쓰고 있다. 구태의연하게 뜻을 나열한다면 '디아스포라'는 고대 그리스어에서 '~너머'를 뜻하는 '디아^dia'와 '씨를 뿌리다'를 뜻하는 '스페로^spero'가 합쳐진 단어로서 이산離散 또는 파종播種을 의미한다. 본래는 팔레스타인을 떠나 세계 각지에 흩어져 살면서 유대교의 규범과 생활 관습을 유지하는 유대인을 가리키는 말이었지만 나중에는 의미가 확장되어 타국에서 자신들의 규범과 관습을 유지하며 살아가는 공동체 집단 또는 그들의 거주지를 가리키는 말로 사용되기도 한다. 학계에서는 디아스포라를 '소수인' 또는 '경계인'이라는 뜻으로도 해석한다. 참으로 많은 의미를 담고 있는 단어인 셈이다.

저자는 자신을 '코리안 디아스포라'라고 부른다. 그렇다면 과연 나도 '코리안 디아스포라'인가를 생각해보게 된다. 외국에서 "Where are you from?"이라는 질문을 받았을 때 "I'm from Korea"라고 답하면 "남이냐 북이냐?"라는 추가 질문을 받는 경우가 많다고 한다.

일본에 살고 있는 코리안 디아스포라는 이념 때문에 남과 북으로 양극화되어 있다. 그 외 아예 일본 국적으로 귀화한 재일교포들도 있다.

저자나 나나 일본에서 나고 자란 출발점은 같지만, 이후에 남과 북에서 모두 살아보고 보다 디아스포라에 걸맞은 인생 행로를 겪은 것은 나라는 생각이 든다. 비유적으로 말한다면 북한의 돼지고기도 먹어보고 한국의 한우고기도 먹어본 복합

적인 디아스포라다. 결국 맛과 영양의 비교가 얼마든지 가능한 입장인 셈이다. 학술적으로도 어떤 쟁점에 대해서는 비교연구를 통해 보다 논리적이고 객관적인 결론을 얻을 수 있을 것이라고 생각한다. 저자의 형들은 과거에 남한에서 고초를 겪은 것으로 알고 있다. 하지만 한국에서 고초를 겪은 재일교포뿐만 아니라 반대로 북한에서 고초를 겪은 재일교포도 있다는 점을 기억했으면 한다. 뿐만 아니라 중국이나 러시아에도 코리안 디아스포라가 있다. 코리안 디아스포라는 가슴 아픈 과거의 역사가 낳은 눈물의 흔적이다. 그만큼 '복합 디아스포라'인 나는 그들의 심정이 충분히 이해되고도 남음이 있다. 식민 지배와 민족 분단으로 지금까지 이어지고 있는 코리안 디아스포라의 아픔들이 하루빨리 없어지기를 기대할 뿐이다.

언젠가 대학에서 '디아스포라'에 대해 강의할 때, 일본에서 북한으로, 또다시 남한으로 넘어온 나의 인생 행로에 대해 어떤 학생이 이런 질문을 한 적이 있다.

"결국 선생님의 정체성은 뭐라고 생각합니까?"

"글쎄요. 나도 잘 모릅니다. 다만 우리 모두 같은 사람이라는 단순한 생각은 해보았습니다. 언젠가 국경이 없어지고 지구 전체에 평화가 찾아온다면 민족이나 국적에 구애받지 않고 모두가 '지구인'이라고 불렸으면 하는 꿈은 있습니다."

인간에게 정체성이란 정말 중요한 문제다. 하지만 그 정체성은 자기 마음대로 정해지는 것이 아니다. 자신이 태어난 곳, 또는 자신이 속해 있는 곳의 국적을 지닌 사람은 디아스포라적인 존재는 아닌 듯하다.

얼마 전에 일본에서 초등학교 동창들을 40년 만에 만났다. 반가움에 얼싸안고 옛이야기로 꽃을 피웠는데 그들은 모두 한국 여권 소지자였다. 즉 '재일한국인'인 동시에 대한민국 국민이었다.

"우린 공항에서 출입국할 때가 제일 편하거든."

알고 보니 일본에서도 내국인 게이트(특별영주권자게이트)로 통과하고 한국에서도 내국인 게이트로 잽싸게 들락거린다는 것이다.

"한국 국적을 가지고 있긴 하지만 우리는 '자이니치'라는 정체성에서 벗어나지 못하는 것 같아."

공항에서 편하다고 자랑하던 친구가 한숨 섞인 어조로 말한다.

"그게 뭐가 중요해? 이러든 저러든 우린 동창생이잖아."

과거는 이미 흘러갔고 미래는 앞에 놓여 있는 법이다.

하루하루 '어떻게 살아왔나보다는 어떻게 살아갈 것인가'를 고민하며 살아가는 것이 더욱 중요하지 않을까. 물론 아픈 역사가 반복되지 않도록 과거를 잊지 말고 돌아보는 일도 필요하다. 전 세계에 흩어져 있는 600만 코리안 디아스포라들이 탄생한 이유를 이제야 따진다고 해서 과연 흘러간 과거를 원점으로 되돌릴 수 있을지 모르겠다. 문제는 디아스포라의 자녀들을 행복하게 키우려면 어떻게 해야 할지를 생각하는 것이다.

가끔 일본 TV에 출연해서 북한 관련 이야기를 할 때 나는 가장 '균형 잡힌 감각과 객관적인 입장'을 지닌 재일교포 출신 탈북자라는 평가를 받는다. 방송국 사람들은 자막이나 진행자의 멘트에 나를 어떻게 소개해야 할지를 물어본다.

재일교포 출신에, 북송교포 출신에, 탈북자 출신. 여기에 북한의 교사 출신이니, 작가 출신이니 하는 말까지 어떻게 자막에 붙이고 멘트를 할지 나도 궁금해지곤 한다.

반대로 한국 방송은 심플하다. 주제에 따라 북한 교사 출신, 또는 작가 출신에 그냥 현재의 직함을 달면 끝이다. 반면 나는 그냥 김주성이라는 이름 석 자만 나오면 된다고 생각한다. 저 사람이 누구인지 호칭이 중요한 것이 아니라 그의 입에서 나오는 북한 소식이 중요하기 때문이다.

책을 읽는 동안 저자가 자칭하는 디아스포라가 슬픔과 불행의 대명사처럼 느껴져서 더 가슴이 아팠다. 과거가 아닌 미래를 생각하며 현재를 살아가는 디아스포라도 있는데 말이다. 11년 전 한국에 처음 왔을 때 부산에 친척분이 계시는 것을 알고는 한달음에 달려갔던 적이 있다. 조부님 고향이 그쪽이다 보니 친인척이 있는 것은 당연했다.

고모뻘이라는 80대 어르신이 나를 보고 아빠를 많이 닮았다고 하시면서 덧붙인 말씀이 지금도 기억에 생생하다.

"너는 경주 김씨 계림군파 **대 자손이다. 단디 해라!"

자칭 디아스포라라고 생각해왔던 나의 신조가 부지불식간에 흔들렸다.

"근본을 따지면 나도 한국 사람이란 말인가요?"

"너도 경상도 무스마가 맞다!"

고모님의 마지막 한마디에 나의 정체성을 다시 한 번 생각해보았다.

결국 나는 대한민국 사람인데 디아스포라인 척했던 것은 아닌지 즐거움 의심을 해보았다.

김 선생님은 북한 사람처럼
안 생겼어요

김원영 《실격당한 자들을 위한 변론》

"김 선생님은 북한 사람처럼 안 생겼어요."

언젠가 처음 만난 분에게서 이런 말을 들은 적이 있다. 여러 차례 들어본 소리이긴 하지만 나는 매번 이렇게 대답했다.

"그런가요? 그럼 남한 사람은 어떻게 생겼습니까?"

북한 사람치고는 키가 크고(183센티미터) 이목구비가 또렷하다는 이유만으로(내 입으로 말하기는 좀 그렇지만 말이다) 북한 사람 같지 않다고 하는 것이 싫어서 딴죽을 걸어본 것이다. 어디서 어떤 말을 들으셨는지 모르지만 그분의 머릿속에 그려진 북한 사람은 모두 키가 작고 야위고 어수룩한 모양이다.

물론 근본을 따진다면 나는 한국 사람임이 분명하다. 조부님의 고향이 경상도고 한국에 친척분들이 살고 계시니까. 그러니 당연히 나는 북한 사람 같지 않을 수도 있다.

사실 "북한 사람처럼 안 생겼다"라는 말을 들을 때마다 겉으로는 신경 쓰지 않는 척하지만 속으로는 뿌듯하기도 하다. 나는 결국 탈북한 것이 아니라 조부님 고향으로 돌아온 귀향민이라는 생각도 든다.

왜 이런 이야기를 하냐면 한국에 살고 있는 탈북민들도 사회적 약자라는 생각이 들기 때문이다. 이런저런 생각을 하면서 서점으로 향했고 무심결에 집어든 책이 김원영의 《실격당한 자들을 위한 변론》이었다. 1급 지체장애인인 저자는 모든 것을 극복하고 변호사가 된 훌륭한 분이다. 이 사실 하나만 봐도 저자에게 '영웅'이라는 찬사를 보내고 싶다.

저자는 골형성 부전증으로 지체장애 1급 판정을 받았으며, 열다섯 살까지 병원과 집에서만 생활했다. 검정고시로 초등학교 과정을 마친 다음 장애인을 위한 특수학교의 중학부와 일반 고등학교를 거쳐서 서울대학교 사회학과를 졸업했다. 서울대학교 로스쿨을 졸업하고 국가인권위원회 등에서 일했으며, '장애문화예술연구소 짓'에서 연극배우로 활약하기도 했다. 현재는 서울에서 변호사로 활동하고 있다.

한편에는 장애, 질병, 가난을 이유로 소외받는 동료들이 있고 다른 한편에는 좋은 직업, 학벌, 매력적인 외모로 세상의

'중심'에 서 있는 동료들이 있다. 그 가운데서 진동하듯 살면서, 또 사회학과 법학을 공부하면서 자신의 정체성과 장애인 문제를 사회적 차원에서 고민하기 시작했고, 그 고민을 여러 매체에 글로 쓰기도 했다.

예전에 강원래 씨의 책을 읽고 "장애는 개성"이라는 문구에서 깊은 감동을 받았다. 세상의 모든 싸움 가운데 가장 어렵고 힘든 것은 자기 자신과의 싸움이다.

이런 맥락에서 《실격당한 자들을 위한 변론》의 저자는 히어로라고 말하고 싶다. 흔히 말하는 사회적 약자라도 세상의 음지에서만 맴도는 존재가 아니라 양지에서 당당하게 강자가 될 수 있다는 백절불굴의 의지를 보여준 저자에게 다시 한 번 존경의 뜻을 표하고 싶다.

현재 한국에 살고 있는 탈북민의 수가 어언 3만 명을 넘었다고 한다. 내가 입국했을 때는 1만 명 정도였는데 10년 사이에 세 배가 증가한 셈이다. 5000만 인구의 0.1퍼센트도 안 되는 소수자이지만 그들도 대한민국 국민이다. 폐쇄적인 땅에서 그야말로 목숨을 걸고 탈출한 그들도 자신과의 싸움에서 이긴 승자라고 말하고 싶다.

가족을 먹여 살리기 위해 중국으로 월경하여 인신매매까지 당하면서 역경을 뚫고 다시 한 번의 탈출을 시도한 여성들을 생각하면 역시 머리가 숙여진다. 고생 끝에 당도한 대한민국에서 그들은 새 삶을 시작한다. 제도와 이념의 차이에, 오랜 분단의 역사 때문에 모든 것이 낯선 한국에서 새로 인생을 시작하는 그들은 그야말로 사회적 약자다.

한국 정착 11년 차인 나는 방송 활동을 하면서 탈북 여성들을 자주 접한다. 제법 북한 사투리도 없어지고 그렇게 애를 먹던 외래어도 곧잘 구사하며 능수능란하게 대화를 하는 모습을 보면서 마음속으로 '또 이겨내셨구나'라는 생각을 한다.

더욱 놀라운 것은 그들이 각이한 직업을 가지고 당당하게 납세를 하고 있는 모습이었다.

"저도 이젠 세금을 열심히 내고, 봉사도 하고, 기부도 한답니다."

가끔 편협한 한국 사람들이 탈북민을 보고 이런 말을 하기도 했다.

"우리가 낸 세금으로 탈북자들을 먹여 살리고 있다."

국민의 혈세는 국정에, 그리고 사회적 약자들을 위한 복지에 쓰이는 것으로 알고 있다.

하지만 영원한 승자가 없듯이 영원한 약자도 없다고 생각한다. 자신이 낸 세금에 대해 생색을 내고 싶은 분들은 그 돈으로 사회적 약자를 강하게 만들었다고 생각을 바꿔주시기 바란다. 덕분에 자신을 이기고 강해진 사람은 또 다른 약자를 위해 세금을 낸다.

최근에 탈북민들이 사기를 당하는 사건이 빈번하다고 들었다. 지인 한 분도 열심히 일해서 모은 쌈짓돈을 모두 날렸다고 하소연을 했다. 난 넌지시 이렇게 말했다.

"그냥 세금을 냈다고 생각하세요. 그리고 좋은 인생 수업을 했다고 생각하고요."

"남의 일이라고 그렇게 쉽게 말할 수가 있는 거예요? 동정은 못할망정 쪽박은 깨지 말라잖아요."

그분이 원망스럽게 나를 바라본다. 곁에 함께 있던 한국 사람이 보다 못해 위로해준다.

"한국 사람들도 당하거든요. 아무튼 많이 속상하시겠어요."

한국 지인도 나를 나무라듯 혀를 차신다.

"왜 그런 말을 했냐고요? 나도 사기를 당했으니까요!"라고 말하고 싶었지만 꾹 참았다.

한국에 와서도 수없이 시행착오를 겪고 또다시 이겨내면서 나는 점점 강해지는 듯하다. 모든 인간이 그렇듯이. 결국 인생이란 자기 자신과의 싸움에서 이겨나가는 것이 아닐까.

탈북 청년의 탈남 이야기

장강명 《한국이 싫어서》

"한국에 와서 제일 좋았던 점은 뭐예요?"

앞서도 말했지만 아직도 가끔 이런 질문을 받을 때가 있다. 북한과 비교하면 너무나 많은 차이점이 있지만 나는 그냥 간단 명료하게 답변을 한다.

"24시간 정전 없이 전기가 들어오고 24시간 수돗물이, 그것도 온수까지 나오고 가스로 취사할 수 있는 것이 제일 좋았습니다."

폐쇄적인 체제하에서 살았던 사람의 입에서 나오길 기대했던 답변은 아마도 '자유' '평등' '인권'과 같은 단어들이 섞인 말마디였을지도 모른다.

하지만 극심한 전력 부족으로 상수도가 멎어 수도꼭지가 녹슬고 일상다반사로 정전이 지속되는 곳에서 30년 이상 살아본 사람이라면 아마도 나와 똑같이 대답하지 않았을까.

한마디로 행복의 기준치는 사람마다 다르다. 기준치가 낮을수록 남보다 더 행복함을 느끼는 것 같다. 옛말에 "말 타면 경마 잡히고 싶다"고 하지만 한국 생활 11년 차인 나는 여전히 행복 기준점이 낮은 편이다.

범사에 감사함을 느끼면서 서점을 둘러보다가 깜짝 놀라 집어든 책이 장강명의 《한국이 싫어서》였다. 뭐? 한국이 싫다고? 왜? 의문부호가 꼬리를 물었다. 왜 싫은지 궁금하기 그지없었다. 전기도 잘 들어오고 물도 잘 나오는 한국이 싫다니 이게 웬말인가.

《한국이 싫어서》는 20대 후반의 직장 여성이 회사를 그만두고 호주로 이민 간 사정을 대화 형식으로 들려주는 소설이다. 학벌, 재력, 외모를 비롯해 자아실현에 대한 의지와 출세에 대한 욕망에 이르기까지 모든 부분에서 평균 혹은 그 이하의 수준으로 살아가며 미래에 대한 비전을 갖지 못하는 주인공이 이민이라는 모험을 통해 자신만의 행복을 찾아가는 과정을 담았다. 특히 1인칭 수다 형식으로 이루어지는 전개 방식은 20대 후반 여성의 말을 그대로 받아 적은 듯 생생하고 경쾌해서 읽는 재미를 더한다.

소설의 주인공 계나는 한국이 싫어서 떠났는데 나는 북한이 싫어서 한국에 왔다. 마치 그녀의 뒤를 쫓아온 느낌이 든다. 이 책을 읽으면서 가장 인상 깊었던 것은 평범한 일상, 변함없는 일과 속에서 미래에 대한 비전을 찾지 못하고 이민을 떠난 주 인공의 행복 기준치였다.

적극적인 '행동'을 통해 자신의 상황을 변화시키려는 노력 없이 불만만 거듭하는 사람들의 소극적 태도를 비판적으로 바라봄으로써 절망적 상황에 대처하는 방법은 참으로 시사적 이다.

현재 대한민국에는 3만 명 이상의 탈북민이 살고 있다. 그 들은 한결같이 북한이 싫어서 계나처럼 적극적인 행동으로 상 황을 변화시킨 사람들이다. 그럼에도 일부 사람들은 탈북민을 '변절자'라고 표현한다. 한마디로 가족을 두고 자기 혼자만 잘 살겠다고 도피한 '도망자'라는 것이다. 그런데 문제는 3만 명 의 탈북민들 절대 다수가 북에 남아 있는 가족들에게 돈을 보 내주고 있다는 사실이다. 심지어 북에 남아 있던 가족들을 모 두 데려오는 경우도 적지 않다. 결국 그들은 가족을 지키기 위 해 '탈북'을 단행한 사람들이라고 말하고 싶다.

"사람은 가진 게 없어도 행복해질 수 있어. 하지만 미래를 두려워하면서 행복해질 수는 없어. 나는 두려워하면서 살고 싶 지 않아."

책에서 읽었던 문구가 귓전에서 맴돈다. 적수공권으로 탈북을 단행하여 호주가 아닌 대한민국 품에 안긴 탈북민들은 계니와 비슷하다는 생각이 든다.

물론 계니와 탈북민들의 행복 기준치에는 격차가 있지만 말이다. 한국 생활에 익숙해진 탈북민들 가운데는 또 다른 기회를 만들기 위해 외국으로 떠나간 사람들도 있다. 그랬다가 몇 년 안에 한국으로 되돌아온 사람들도 적지 않다. 언어의 벽을 넘지 못한 결과였다.

"그래도 언어가 통하고 풍습이 같은 한국 땅이 최고인 것 같습니다."

북한이 싫어 탈북을 하고 몇 년 만에 또다시 '탈남'을 했던 탈북민 청년이 오랜만에 만난 나에게 던진 말이었다. 몇 년 동안 이국땅에서 김치와 된장국이 그리워 눈물을 흘렸다는 청년의 어깨를 다독여주며 내가 말했다.

"넌 한국이 싫어서 떠났던 건 아니겠지?"

"북유럽은 복지가 잘되어 있어서 일을 하지 않아도 고래등 같은 집에서 잘 먹고 잘산다기에 떠났던 거죠. 욕심이 부른 결과예요. 그곳에서 보낸 3년 세월이 아까워요."

그 청년이 흘러간 세월을 아까워하면서 후회하는 것을 보고는 많은 생각이 들었다. 북한이 싫어서 한국에 왔다가 한국마저 싫어서 떠난다면 과연 갈 곳은 어디인지 추궁을 하려던 참이었기 때문이다.

솔직히 북한에서는 싫어도 싫다는 내색을 못하고, 떠나고 싶어도 마음대로 못 떠나는 것이 현실이다. 다행히 탈북이 용이해지면서 목숨을 걸고 뛰쳐나올 수 있었던 것이다.

"어떤 점이 싫었는지는 모르겠지만 마냥 피한다고 해결되지는 않아. 싫어진 사람은 안 보면 그만이니, 좋아하는 사람이나 찾아보렴."

사실 그 청년은 북한에서 부모가 일찍 돌아가시고 하나밖에 없는 남동생과 탈북 이후 중국에서 연락이 끊기면서 한없이 외로운 신세였다.

몇 년 후에 그 청년은 한국의 유명한 통신사에 취직해서 방문 설치를 하게 되었고, 같은 탈북 여성과 인연도 맺게 되었다. 드디어 그가 꿈꾸던 안착된 삶을 살게 되었던 것이다. 나 역시 북한이 싫어서 탈북했고 이제는 대한민국에서 살아가고 있다. 물론 한국에도 '싫은' 점은 있지만 나의 과거가 무참히 희생된 그 땅에서의 삶에 비하면 아무것도 아니다. 싫다고 해서 모두 떠나간다면 우리가 머물 곳은 어디일까. 영원한 떠돌이, 영원한 이방인이 우리 모두의 숙명인 걸까?

얼마 전에 그 청년이 나에게 전화를 걸어왔다.

"제가 밥 한번 사드려도 될까요? 드시고 싶은 음식이 뭐예요?"

"우리나라의 대표적인 음식 있잖아!"

"삼겹살에 묵은지를 곁들여 먹을까요?"

청년의 낭랑한 목소리는 행복에 겨워 있었다.

탈북은 잘했지만 탈남은 잘못된 선택이라는 심중의 목소리가 섞여 있는 듯했다.

어쩌면 나도 누군가를
모방하고 있는 게 아닐까?

전성태 〈이미테이션〉

자유란 무엇일까? 사전은 "외부적인 구속이나 무엇에 얽매이지 아니하고 자기 마음대로 할 수 있는 상태"라고 밝히고 있다.

대한민국에 온 지도 벌써 5년이 흘렀다. 국가에 복종하고 체제에 순종하고 집단에 순응해야 했던 과거를 털어버리고 우물 안의 개구리가 드넓은 바다로 나온 것인데, 눈앞에 펼쳐진 자유의 영역이 정말 크고 폭넓다. 이제 자유로운 세상에 와서 마음대로 생각하고 마음대로 말할 수 있게 됐으니, 책도 마음대로 선택해서 마음대로 읽고 마음대로 해석해볼까 한다.

무슨 책을 먼저 읽어야 할지 고민하고 있을 때 지인이 귀띔

해준 작품이 바로 전성태 작가의 단편소설 〈이미테이션〉이다. '이미테이션'이라는 제목이 맛깔스럽게 귓전에서 맴돌았다. 마치 삼겹살을 먹다가 상추가 떨어져서 그냥 먹으려던 찰나, 식당 주인이 푸르싱싱한 상추를 가져다준 느낌처럼…. 〈이미테이션〉은 소설가 전성태의 소설집 《늑대》에 들어 있는 단편인데, 혼혈에 대한 사회적 편견을 적나라하게 드러내는 흥미진진한 작품이다. 내용은 대충 이러하다.

진짜 혼혈이 아니라 혼혈처럼 생긴 오리지널 한국인 '게리'가 외국인 강사로 위장하게 된다. 그러다 그는 어느 순간부터 외국인으로 위장할 때만 자신의 삶을 영위할 수 있게 되는데…. 작가 전성태는 이런 아이러니를 드러냄으로써 우습지만 마냥 웃을 수만은 없는 현실을 파헤치며 메시지를 던진다. 이미테이션, 즉 '짝퉁'은 물건뿐만 아니라 인간과 삶에도 존재한다는 것이다.

북한에는 '문학은 곧 인간학'이라는 말이 있다. 물론 북한 문학에서 말하는 인간학은 사회와 집단을 위해 헌신하는 공산주의자의 전형을 작품으로 그려나가라는 뜻이다. 인간 이미테이션이라는 말에 몹시 흥미를 느끼는 동시에 머릿속에 떠오른 작품이 '프랑스의 단편 제왕'(북한 문단에서는 이렇게 평가한다) 모파상의 작품 〈보석목걸이〉(대한민국에는 그냥 '목걸이'라는 제목으로 나와 있다)였다. 〈보석목걸이〉에서는 정직한 인간이 물건 이미테이션의 피해자로 묘사되어 있다. 두 작품에 등장하는 서로 다른 이미테이션을 보면서 자연스럽게 이런 생각이 들었다.

'어쨌거나 인간이든 물건이든 이미테이션을 만들어내는 것은 인간이다. 확실히 이미테이션은 편견과 차별을 산생産生시키는 요소이자 수단이고, 선과 악 사이를 오가는 인간 본성이기도 하다.'

소설을 읽고 나니 갑자기 나는 과연 누구의 이미테이션일까 하는 생각을 하게 된다. 조부님은 경상도 사람이지만, 나는 일본에서 태어나 유년기를 보내고 북한으로 가서 죽을 고생을 하다가 결국 남한으로 오게 되었다. 덕분에 정체성의 혼란은 아직도 가시지 않고 있다. 지금은 내가 누군가의 이미테이션으로 둔갑한 것 같은 느낌이 들기도 한다. 물론 생김새는 남이나 북이나 똑같으니 〈이미테이션〉의 주인공처럼 활용성 있는 이미테이션은 아니지만 말이다.

북한에서 제일 싫었던 점은 '째포(재일교포를 줄여서 비하조로 부르는 말)'나 '일본 놈'이라고 불리는 것이었다. 정말 그런 말을 듣는 것이 죽기보다 싫었다.

"째포들은 좋은 것만 먹고 좋은 옷만 입고"라는 표현도 싫었지만 가장 가슴 아픈 것은 "우리가 전쟁을 겪고 맨손으로 일떠 세운 곳에 양심 없이 굴러 들어왔다"라는 말이었다.

그런 말을 들을 때마다 우리더러 북한에 오라고 했던 것이 누구냐고, 북한에서 우리의 기대와는 너무나도 판이한 현실을 보고 다시 일본에 돌아가려 해도 보내주지 않고 심지어 일부 재일교포들은 '정치범'으로 몰아 수용소에까지 가둔 것이 누구냐고 물어보고 싶었다. 하지만 그럴 수가 없는 것이 북한 땅이다.

나는 북한에 가면 일본에서 느꼈던 차별이나 편견이 없을 거라고 생각했다. 그런데 그것은 정말 오산이었다.

북한에 산 지 1년쯤 지나서부터는 일부러 허름한 옷을 구해 북한 사람들과 똑같이 하고 다녔다. 하루빨리 북한 사람처럼 되고 싶었던 것이다. 그러면 차별도 놀림도 받지 않고 무난하게 살 수 있을 거라고 생각했던 것이다.

평양에서 재미있게 본 영화 중에 〈백 투 더 퓨처〉가 있다. 현대인이 과거로 날아가 당시의 문화에 맞추어 생각하고 행동하는 모습은 일본에서 북한으로 간 나의 처지 그대로였다.

그러다가 이번에는 한국으로 왔으니, 한마디로 나만의 〈백 투 더 퓨처 2〉를 찍게 된 셈이다. 발전한 곳에서 후진적인 곳으로 가는 것보다는 후진적인 곳에서 발전한 곳으로 가는 편이 훨씬 좋다는 것은 삼척동자도 알 것이다.

하지만 현실은 영화가 아니었다. 아무리 한국 사람인 척해보려고 해도 미묘한 억양의 차이나 낯선 최신 문화 앞에서는 어쩔 수가 없었다.

한국에 자리 잡은 후에는 액세서리형 교통카드가 너무 신기해 보이기에 하나 구입한 다음 버스에 올랐었다. 단말기에 카드를 대는 순간 "삑, 삑" 하는 경쾌한 소리가 나기에 한국 사람처럼 태연하게 버스 뒤쪽으로 이동하려는데 버스 기사님이 이런 말씀을 하셨다.

"다음부터는 성인용 카드를 사서 쓰세요."

"네? 이건 성인용 아닌가요?"

알고 보니 학생용은 소리가 두 번 난다고 했다. 결국 북한에서 와서 잘 몰랐다고 이실직고하게 되었다.

결국 한국 사람인 척하는 것도 쉽지 않았다. 편견과 차별이 싫어서 북에서나 남에서나 그곳 사람인 척하려고 했던 나는 스스로 인간 이미테이션을 자초했던 것이다.

하긴 일본에서 살 때에도 공공장소에서는 조선 사람이란 것이 들통 날까봐 한복을 입고 뻐젓이 다니던 할머니와 멀찍이 떨어져서 걸었던 기억도 있다. 자기 자신을 숨기려고 노력했던 나의 과거가 이 책을 읽으면서 새삼스러웠다.

그런데 지금은 사정이 완전히 달라졌다. 탈북민들이 적극적으로 방송 활동을 하고 한국 사람들과의 소통이 원활해지자 오히려 길거리에서 알아봐주시고 성원을 보내주시는 분들이 부쩍 많아진 것이다. 덕분에 굳이 '누구인 척'할 필요가 없어졌다.

많은 분들이 북에서 온 사람들을 탈북자나 탈북민이라는 호칭으로 부르지 말고 그냥 '북한에서 온 사람'으로 부르자고 하신다. 어떤 분은 차라리 고향으로 부르는 것이 괜찮겠다고도 주장하신다. 평양 사람, 함흥 사람…이라고 말이다.

어느 날 한국의 지인과 호칭에 대해 이야기하다가 재미난 말을 들었다.

"김 선생, 우리도 그래요. 나도 부산에서 상경했을 때는 서울 사람인 척하느라 엄청나게 고생했어요. 결국 사투리 때문에 들통 나는데도 말이에요."

"결혼했어도 미혼인 척하는 분도 계시고 자기 나이보다 어린 척하는 분도 계세요. 실제보다 잘사는 척하는 분도 계시고요. 정말 이미테이션의 끝은 없나 봐요."

이야기 도중에 사장님이 양주 한 병을 더 가져왔다.

"사장님, 이건 가짜가 아니겠죠?"

서로 마주 보면서 웃을 수 있는 행복한 밤이었다.

2부

내가 몰랐던 남한의 과거

그동안 한국에서 계속 살아온 동년배들을 부러워했었다.
이렇게 좋은 곳에서 태어나 자랐으니
나보다야 행복하고 유의미한 삶을 살았을 거라고.
그런 나의 생각이 틀렸다는 것을 알게 해준 책이
바로 인권변호사 조영래 씨의 《전태일 평전》이었다.

내가 몰랐던 남한의 과거

조영래 《전태일 평전》

가끔 한국 지인들과 북한 이야기를 하다 보면 "우리도 예전에는 그렇게 살았어"라는 말을 들을 때가 있다. 나와 비슷한 연배를 '386세대' 또는 '베이비붐 세대'라고 부르는 분이 입버릇처럼 되뇐다. 1980년대에는 외국에 가려면 보증인이 있어야 했다는 둥, 농촌의 가정집에 가면 천장에 파리가 까맣게 달라붙어 있었다는 둥, 당시에 TV가 있는 집은 부잣집이었다는 둥, 그때를 회고하는 그들의 표정에는 여전히 어둠이 배어 있는 듯했다.

탈북 이후 한국 정착 10년 차에 접어들었지만 지금도 가끔 북한에서 살았던 과거 수십 년의 세월이 아까워진다. 그리고 그동안 한국에서 계속 살아온 동년배들을 부러워했었다. 이렇게 좋은 곳에서 태어나 자랐으니 나보다야 행복하고 유의미한 삶을 살았을 거라고, 그러니 얼마나 좋으냐고 말이다.

그런데 나의 생각이 틀렸다는 것을 알게 해준 책이 바로 인권변호사 조영래 씨의《전태일 평전》이었다.

어느 나라든 어두운 과거가 있고 과도기가 있고 아픔이 있다. 어두웠던 과거 덕분에 밝은 현재가 있고 밝은 미래를 희망하게 된다.

사실 북에 있을 당시 누구보다 일찍이 한국의 방송을 접하면서 나름 한국에 대한 동경심이 강했던 것만은 사실이다. 하지만 모니터를 통해 내가 보았던 한국, 1980년대의 한국은 1970년대의 아픔이 배어 있는 곳이었다. 현재의 행복이 전태일 열사와 같은 분의 희생 덕분이라는 것을 이 책을 통해 뼈저리게 느꼈다.

전태일은 아주 가난한 집에서 나고 자란 평범한 노동자였다. 항상 자신이 처한 환경에 순응하고 인간으로 태어난 자체를 행복의 척도로 삼았던 대한민국의 국민이었다. 이 책은 그런 사람이 20대의 청춘을 바쳐 분신하는 과정을 상세하게 기록하고 있다. 그런데 책의 내용뿐만 아니라 독자들의 서평이나 독후감도 인상적이었다. 전태일 열사가 자신의 한 몸을 불살라 이 나라에 지핀 불꽃이 반세기가 지난 오늘날까지도 사람들의 가슴을 밝히고 있다는 사실에 가슴이 뭉클했다.

북한에서 다른 나라에서는 5일 근무에 토요일과 일요일 이틀을 쉰다는 이야기를 듣고 솔직히 너무나 충격을 받았고 그만큼 부럽기도 했다. 한편으로는 얼마나 나라에 돈이 많고 여유로우면 그럴까라는 생각도 했었다.

그리고 한국에 와서는 쉬는 날이 너무 많다고 생각했다. 열심히 일해서 열심히 벌어야 했던 (지금도 그렇지만) 입장이다 보니 휴일이 많은 것은 달가운 일이 아니었다.

달이 바뀌고 해가 바뀌는 동안에도 일이 없으면 서운하게 생각했다. 대출금은 고무줄처럼 늘어나는데다 살아갈 시간은 점점 줄어드니 마음이 급해진다. 그런 나에게 《전태일 평전》은 '안식'과 '마음의 안정'을 찾아준 정신적 진정제와 같았다.

그렇다면 그가 죽음으로 후대에 남겨준 정신적 유산은 무엇일까? 노동법, 인간의 권리, 노동의 대가, 인간의 가치를 물질로 환원하는 사회적 모순에서의 탈피 등 많은 것들을 꼽을 수있겠지만 내게는 그의 상냥한 목소리가 들려오는 것만 같다.

"좀 쉬엄쉬엄하렴. 행복하기 위해 살아가는 것이 인생이야. 맹수에게 쫓기듯 급하게 살지 말고."

"현실의 사회구조와 질서 앞에 무조건 머리를 수그리고 거기에 '순응'해야만 생존이 보장된다고 느끼게 되며, 따라서 자신에 대해서는 불성실하게 되고 나중에는 부도덕으로까지 되어버린다. 그리하여 그는 비판정신의 싹을 자신의 의식 속에 싹트기도 전에 잘라버리고, 사회가 강요하는 모든 명령, 모든 가치관, 모든 선전을 무조건 받아들여 '순한 양'이 된다. 자기 머리로 생각할 줄 모르는, 주체성을 빼앗긴 정신적 노예로서 길들여지는 것이다."

책 속의 문구를 다시 한 번 음미해본다. 그리고 북에서 생각했던 남한 사회에 대해, 내가 몰랐던 이 나라의 과거사에 대해, 그 시절을 살아온 사람들에 대해 다시 한 번 생각해보게 되었다.

지금도 우리 동네 지하철역 근처에서 인도에 쪼그리고 앉아 채소를 파는 어르신들을 보면서 무심코 지나쳤던 나를 돌이켜본다. 청년 취업이 어렵고, 최저임금이 사회적 문제가 되고, 이민을 떠나는 국민이 늘어나는 현실 앞에서도 무심했던 나는 과연 누구일까?

지금껏 나는 북한에 있을 때보다 훨씬 편안하고 자유롭다고, 자기만의 행복에 도취되어 있었던 것이 분명하다. 하지만 전태일 시대의 모순은 아직 완전히 해소되지 않았다.

문득 프로메테우스가 아무리 인간에게 불을 가져다주었어도 전태일이 자신의 한 몸을 불살라 어둡고 부조리한 사회를 밝히지 않았더라면 우리는 아직도 어둠 속에 있었을 거라는 생각이 든다. 전태일은 인간다운 삶이라는 너무나도 당연한 권리를 대변하는 봉화였다.

《전태일 평전》을 읽고 나서 갑자기 북한에서 있었던 한 가지 사건이 떠올랐다. 일명 '구호나무 화재' 사건이다. '구호나무'란 김일성이 일제에 반대하여 산에서 빨치산투쟁을 벌일 당시 심심산골의 나무껍데기를 벗겨서 구호를 써놓은 북한의 사적물을 말한다. 그런데 어느 날 구호나무가 있는 산에 불이 나자 주변의 건설 현장에 동원되었던 20대 남녀 청년들이 구호나무가 불에 타지 않도록 원을 만들어 나무를 둘러쌌다가 결국 불에 타 죽은 것이다.

실지로 그 청년들이 불속에서 나무를 몸으로 둘러쌌다가 죽은 것인지, 아니면 그냥 연기에 질식해 죽은 것인지는 누구도 모른다. 언론 매체를 통해 그들의 희생 정신이 소개되었을 뿐이니까. 당국은 그 사건을 계기로 북한 청년들에게 그들의 정신을 본받으라고 선전했다. 거짓과 위선에 가득한 불과 전태일이 지핀 정의의 불꽃이 너무나도 대조되어 나의 가슴을 친다. 만약 그분이 살아계셨다면 나는 이런 말을 해주고 싶다.

미처 몰랐던 대한민국의 어제를 알고 전태일을 알게 되면서 이 땅을 더 사랑하게 된 것 같다.

80년 그날의 속삭임이 들리던 날

한강 《소년이 온다》

몇 년 전의 일이다. 강의를 하기 위해 광주로 향하는 KTX에서 열심히 글을 쓰고 있었는데 대전역에서 어르신 한 분이 내 옆자리에 앉으셨다.

대학원에서 북한학을 공부하면서 과거 북한의 정책을 연구분석한 내용의 리포터를 작성하느라 불나게 자판을 두드리고 있었다.

옆자리에 앉으신 어르신이 갑자기 이어폰도 끼지 않고 휴대전화로 유튜브를 보기 시작했다. 얼핏 곁눈질을 해보니 광화문에서 벌어지고 있는 '태극기 집회' 영상이었다. 소리가 너무 커서 글 쓰는 데 방해가 되었다. 그렇다고 소리를 줄여달라는 말은 하지 못했다. 어르신을 공경하는 것은 당연한 일이었으니까.

야밤의 고속열차에는 승객도 얼마 없어서 어르신에게 소리를 줄여달라고 말하는 사람도 없었다. 나는 참다못해 통로 건너의 빈자리로 옮겨갔다.

어르신은 익산역에서 내리셨다. 나도 목적지인 광주 송정역에 내렸다. 가을의 밤공기는 제법 쌀쌀했다. 나는 예약해놓은 호텔로 가기 위해 서둘러 역사를 벗어나 택시 승강장 쪽으로 걸음을 재촉했다.

그런데 괴이한 일이 벌어졌다. 갑자기 경찰관 세 명이 나를 포위한 것이었다.

"실례합니다. 금방 서울에서 오는 열차에서 내리셨죠?"

"네, 맞는데요?"

"열차에서 노트북으로 문서 작업을 하셨나요?"

"네, 맞는데요?"

"죄송하지만 노트북을 확인할 수 있을까요?"

"도대체 왜 그러시죠? 뭐가 문제입니까?"

"신고가 들어와서요. 작업하신 내용 좀 봅시다."

"그러죠, 뭐. 그런데 뭐가 문제인가요?"

나는 도무지 무슨 영문인지 몰랐지만 순순히 노트북을 가방에서 꺼내 전원을 켜고 아까 작성하던 한글 문서를 열었다. 경찰관 한 사람이 노트북을 유심히 살피면서 내 글을 읽었다.

정말 귀신이 곡할 노릇이었다. 그런데 그때 다른 경찰관이 나를 유심히 보다가 조심스럽게 입을 열었다.

"혹시 김주성 씨 아니세요?"

"네, 김주성입니다."

"맞다, 맞아. TV에 나오는 분이네! 박 순경, 이분은 아니야, 그럴 분이 아니라니까, 참⋯."

북한 관련 뉴스나 방송 프로에 자주 나가다 보니 가끔 알아보는 분들이 계셨지만 이런 경우는 처음이었다.

"아, 북에서 오신 그분 맞네요. 실례했습니다. 우린 그냥 신고를 받고⋯."

도대체 무슨 신고를 받았는지 되묻자 경찰관들이 웃으며 전후 사정을 알려주었다.

문제는 열차 안에서 만났던 어르신이 내 노트북을 곁눈질하다가 내 글에서 '김일성, 김정일'이라는 글자를 보고는 익산역에서 내리면서 경찰에 신고를 했다는 것이다. 그러고 보니 고속열차 승무원이 괜스레 차표를 확인하고 간 것도 기억났다.

한마디로 나는 간첩으로 신고당한 것이었다.

얼마나 과장해서 신고를 했는지 경찰관이 무려 세 명이나 나온 것을 보고 어이없어 한마디 했다.

"그래서 아주 큰놈인 줄 알고 세 분이나 나오셨어요? 이대로 연행해주시면 안 될까요? 경찰서에서 먹는 뼈 해장국이 그렇게 맛있다고 들었는데."

"아니, 왜 그러세요. 애국심이 높은 민주시민이 오해했다고 생각하시고 마음 푸세요."

"그래도 이대로는 못 가죠. 나도 한번 경찰차를 타보고 싶어졌어요."

"그럼 우리가 호텔까지 모셔다드릴게요."

결국 경찰관들과 화기애애하게 어느 식당에 가서 그들이 사주는 해장국도 먹고 호텔까지 경찰차도 타보았다.

그 어르신의 안보정신에 다시 한 번 머리 숙여 감사의 인사를 드리고 싶다. 내가 진짜 간첩이었다면 적지 않는 포상금을 받으셨을 텐데.

한강의 《소년이 온다》를 읽으면서 갑자기 그때 일이 생각났다. 다른 의미는 아니고 바로 광주에서 벌어졌던 해프닝이라는 단순한 이유 때문이다.

한강은 1970년에 태어난 여성 작가다. 그의 작품인 《소년이 온다》는 10일간의 5.18민주항쟁과 그 이후의 이야기를 그리고 있다. 피로 물든 엄혹한 시기를 살았던 사람들이 생동감 있게 그려지고 있다. 10대 소년 동호는 친구 정대와 함께 정미 누나를 찾기 위해 거리로 나섰다가 정대가 계엄군의 총에 맞는 모습을 목격한다. 하지만 친구를 눈앞에 두고 돌아서야 했던 동호는 이후 친구의 시신을 찾기 위해 상무관에 가지만 찾지 못하고 그곳에서 시신들을 수습하는 일을 돕게 된다. 그밖에도 책은 고문과 감옥 생활 끝에 자살한 대학생, 상상을 초월하는 고문을 당한 여고생 등이 10일간 겪는 수난을 집약적으로 다룬다.

광주의 5.18민주항쟁에 대해서는 북한에서도 상당히 많이 전해 들었고 1980년 당시의 영상을 직접 보기도 했다. 북한 전역에서 유일하게 주민들이 시청할 수 있는 조선중앙텔레비죤에서 직접 다큐멘터리를 만들어 여러 차례 방영하기도 했다. 이후 〈님을 위한 교향시〉라는 영화를 만들어 방영하기도 했다. 그때 수많은 시민들이 군인들의 총탄에 쓰러지는 모습을 보면서 경악했었다. 그런데 아이러니하게도 남들 몰래 보던 한국 TV에서는 여전히 드라마가 나오고 가수들의 춤과 노래가 나와서 다시 한 번 놀랐었다.

같은 나라 안에서 한쪽에서는 피를 흘리고 목숨을 잃는데 다른 한쪽에서는 노래하고 춤추는, 그야말로 극과 극의 상황이 벌어지고 있다는 것을 믿을 수가 없었다. 이후 전두환·노태우 전 대통령이 재판을 받고 감옥에 가는 장면도 북에서 보았다.

그럼에도 이후 자유를 찾아, 살길을 찾아 대한민국의 품에 안긴 뒤에 언제부터인가 잊고 살았던 사건 중의 하나가 바로 5.18사건이었다. 아마 나뿐만이 아니라 많은 사람들이 잊고 살았던 것이 아닐까 조심스럽게 말하고 싶다.

물론 과거 일은 잊히기 마련이다. 아프거나 슬픈 기억일수록 빨리 잊으려는 것도 사람의 속성 중 하나다. 그러나 광주 사람들에게는 영원히 잊히지 않을, 또 잊어서는 안 될 기억이 바로 10일간의 5.18민주항쟁이라고 생각한다.

그 후 강의 때문에 또다시 광주에 가서 상무지구에 있는 호텔에 묵은 적이 있었다. 아침에 일어나 바로 앞에 있는 커피숍에 들어갔는데 여성 사장님이 나를 또 알아보신다.

"김주성 씨 맞죠? TV 잘 보고 있습니다. 저쪽에서 고생 많이 하셨죠? 북에서 살아오신 이야기를 듣고 많이 울었어요."

"지나간 일입니다. 지금 행복하니 더 바랄 게 없습니다."

"상처는 아물어도 흔적은 남는 법이죠."

그 말씀에 내 가슴이 먹먹해졌다. 동시에 내가 큰 실수를 저지른 듯한 자책감도 들었다. 내가 광주 사람에게 해서는 안 될 말을 한 것 같았다. 혹시 사장님의 가족 중에 누군가가 5.18때 희생되었을 수도 있다는 생각이 들었던 것이다.

"한 10분만 기다려주실 수 있나요?"

"네? 강의 때문에 가야 하는데."

"아니, 잠깐만 기다려주세요."

사장님이 누군가에게 급하게 전화를 한다. 그러더니 잠시 후에 사장님이 밖으로 뛰어나간다. 창밖을 살펴보니 다급하게 승용차 한 대가 멈추고 중년을 훨씬 넘긴 여인이 차에서 내리더니 사장님에게 뭔가를 건네준다. 손에 뭔가를 들고 가게로 들어온 사장님이 그걸 내게 내민다.

"선생님, 이거 강의 가면서 드세요. 우리 어머니가 급하게 만드신 김밥이에요."

갑자기 목이 메고 눈시울이 뜨거워지고 눈앞이 흐릿해졌다.

"고마워요."

"꼭 행복하셔야 해요. 이 땅에서 꼭."

사장님의 마지막 한마디가 마치 5.18민주항쟁에서 희생된 수많은 열사들, 아니 동호가 내게 속삭이는 말인 것만 같았다.

그로부터 1년 후에 또다시 강의를 위해 똑같은 광주 호텔에서 숙박하게 되었다. 다음날 반가움에 가슴 설레면서 커피숍을 찾았다. 하지만 그 사장님의 모습은 보이지 않았다.

카운터에 계시던 남자분에게 넌지시 물어보니 그분은 사장님이 아니라 잠깐 일하던 분이라고 했다. 분명 명함을 건넨 듯한데 이렇게 종무소식으로 사라지시다니 마음이 서글펐다.

상처는 아물어도 흔적은 남아 있다던 말이 여전히 귓전에서 메아리친다.

아름답고 웅장하게 변모한 광주 시가를 걸으면서 아직도 남아 있을 5.18민주항쟁의 흔적을 찾아보았다. 아마도 이 땅에 진정한 자유와 민주주의가 들어서기 전까지 그 흔적은 없어지지 않을 것이라는 생각이 들었다.

90년대를 통과한 남북 청년들의 이야기

안은별 《IMF 키즈의 생애》

"한때는 나도 잘나가는 기업가였는데…."

　가끔 만나 뵙는 중년의 한국분들에게서 자주 듣는 말이다. 인생을 살다 보면 행복했던 시절도 불운했던 시절도 있기 마련이다. 그런데 이미 지나가버린 과거를 떠올리는 것은 부질없는 일이다. 처음에는 그런 말을 하는 분들에게 "'젊어서 호랑이를 잡아보지 못한 사람이 없다'고들 하죠?"라는 말을 해주고 싶었지만 '한때 기업가'였던 분들이 사실은 1997년 IMF시기에 환난을 겪은 불우한 사람들이라는 사실을 알고는 그냥 입을 다물었다. 이미 흘러간 과거라고는 하지만 당시에 겪은 마음의 상처가 영원한 흉터를 남긴 듯했기 때문이다.

북한에서 1997년의 환난에 대해 전하면서 자본주의사회가 겪는 당연한 부패 현상이라고 했던 것이 기억난다.

갑자기 1997년의 환난에 대해 궁금해졌다. 그 시대를 그린 영화인 〈국가부도의 날〉을 보고 서점에서 찾은 책이 안은별의 《IMF 키즈의 생애》다.

저자는 'IMF 세대'로 분류될 만한 일곱 명의 1980년대생 이야기를 묶어서 1997년 환난의 시대를 그들이 어떻게 살았는가를 보여준다.

그들 일곱 명이 성장한 시기는 민족사관고, 외고, 과학고 등 공교육이 다양해지고 간디학교, 하자학교 같은 대안학교가 생겨난 때이자, 무엇보다 이를 준비하는 사교육과 전략, 자본이 중요해진 시기다. 또 호황과 불황의 낙차가 극심해지고, 그 결과 취업난과 불안정한 직업, '격차'가 고착된 시기다. 또 그 영향으로 개인이 저출산, 비혼을 선택하고 이로써 인구구조의 대변화가 열린 시대이기도 하다.

한마디로 저자는 저자 자신을 포함한 1980년대생들이 그 시절에 겪은 고난과 책임을 책으로 묶었다.

저자는 그 시절에 청소년기와 청년기를 보낸 IMF 키즈들의 생애뿐만 아니라 그들의 상처를 써내려갔다. 다시 말해 힘들게 그 시절을 극복했음에도 여전히 꿈과 희망을 포기하고 살아야 했던 불우함에 대해 피력하고 있다.

하지만 책에 등장하는 일곱 명보다 더욱 가혹한 운명에 처한 또 다른 'IMF 키즈'들도 훨씬 많았을 것이고 자식들의 그러한 고통을 그냥 지켜볼 수밖에 없었던 부모들의 고통 역시 만만치 않았을 것이다. 그렇다면 과연 그 환난의 시기를 누가 책임져야 하는 것일까.

사실 처음 대한민국에 왔을 때, 신세대들에 대한 관점은 부정적이었다. 부모님이 이루어놓은 삶의 터전에서 돈 걱정 없이 자라나 문화적인 향락만을 누리는, 철없는 '자본주의 문명세대'로만 생각했었다.

내가 대학원에서 공부할 때 수업조교나 연구조교를 맡은 친구들이 바로 'IMF 키즈'들이었다. 그들에게서 대학 시절 부모님에게 한 푼도 받지 않고 아르바이트와 장학금으로 공부했다는 이야기를 듣고 너무 놀랐었다.

"아니, 그러면 가끔 대학에 강의를 가면 외제 차를 타고 다니는 학생들은 뭘까?"

"선생님, 그건 극히 일부죠. 우린 제힘으로 환난의 시대를 헤쳐왔답니다. 사업이 망한 아빠한테 뭘 바라겠어요."

한 친구가 울먹이는 모습을 보고 가슴이 먹먹해졌다. 고생이란 전혀 모르고 마냥 행복할 것이라고만 여겼던 20대의 가슴속에 피멍이 들어 있는 줄은 꿈에도 몰랐다.

"그때 나라를 살리겠다고 많은 국민들이 금을 바쳤다고 해요. 우리 부모님도 그러셨대요. 딸의 등록금은 못 줘도 나라를 위해 금품은 내놓았답니다."

다른 조교도 덩달아 울먹거리면서 말끝을 흐린다.

아니, 내가 어쩌다가 이들을 울게 만들었을까! 그날 그들의 눈물은 남한의 청년층에 대한 나의 인식을 바꿔준 촉매제와도 같았다.

돌이켜보면 1990년대에는 남과 북이 더불어 환난의 시대를 겪었던 것 같다. 남한에 IMF가 있었다면 북한에서는 '고난의 행군'이라 불리는 극심한 식량난과 기근의 시대가 덮쳐왔다.

흔히 사람들은 '아홉 고개' 타령을 한다. 한반도의 아홉 고개는 남북이 같이 힘든 시기를 겪은 1990년대가 아닐까 싶다.

북에서는 1990년대 수난의 시대에 태어난 세대를 '장마당 세대'라고 부른다. 국가의 공급체계가 멈춘 뒤, 주민들이 자생적으로 장사를 해서 키운 세대라는 뜻이다. 다시 말하면 북한의 1980년대생들은 국가에서 주는 배급 식량이 아닌 장마당에서 파는 쌀을 먹고 자라났다는 뜻이다.

'IMF 키즈'와 '장마당 키즈'는 서로 다른 환경에서 비슷한 고생을 했던 세대가 아닐까 싶다.

《IMF 키즈의 생애》를 읽으면서 청년들의 고생과 노력에 찬사를 보내고 싶은 한편, 그들을 낳아 키워준 부모 세대에 대한 언급이 부족해 보여서 조금 아쉽기도 했다.

당시 스스로 목숨을 끊은 아빠들, 자식들을 지키기 위해 온 갖 허드렛일을 하면서 눈물 속에 이를 악물고 살아온 엄마들. 그리고 이 땅에 살면서 6.25의 참화를 겪은 것도 모자라 IMF 까지 겪어야 했던 '노세대'들에 대한 이야기도 꼭 책으로 나왔으면 하는 바람이다.

가끔 지하철에서 노인들에게 자리를 양보하지 않는 청년들을 보곤 한다. 그래도 묵묵히 굽은 허리로 서계시는 모습을 보면서 대한민국을 연상하게 된다.

IMF의 흔적에 대해 알아보는 과정에서 불과 몇 년 만에 시련과 난관을 극복했다는 사실에 놀랐다. 일각에서는 한국이 'IMF'를 겪었기 때문에 비약적인 사회변혁과 경제발전을 이룰 수 있었다고도 주장한다. 다시 말해 진통을 겪어야만 진화가 이루어지고 발전한다는 뜻일 것이다.

하지만 사람들이 만든 사회는 어느 때건 부조리하고 불공평하다. IMF 환난의 시대는 옛이야기가 되었지만 여전히 이 사회에는 불우한 사람이 많다. 떳떳한 사회적 존재로서의 가치를 지니지 못한 사람들도 많다.

어려운 경제학 이론은 잘 모르지만 국가나 사회의 잘못을 국민들이 책임지는 일은 더 이상 없었으면 하는 바람이다.

"선생님, 저 통일부에서 일해요! 칭찬해주세요."
내가 울렸던 대학원 조교님이 얼마 전에 전화를 걸어왔다.

누구보다 먼저 나에게 희소식을 알리고 싶었던 마음이 충분히 이해되었다. 밝고 명랑한 그녀의 목소리 역시 환난의 시대를 겪은 'IMF 키즈'의 목소리였다.

깨어 있는 시민의 역사

유시민 《나의 한국현대사》

옛날에는 하나였던 우리가 분단돼 보낸 세월이 반세기가 훨씬 넘었다. 처음 남한에 왔을 때 나를 대하던 사람들의 다양한 반응이 아직도 기억에 생생하다. 어르신들은 두말없이 "고생 많이 했어"라면서 음식을 사주거나 하는 식으로 감성적인 따뜻함을 보여줬다.

반면 중년층은 한국 정부나 언론이 보여주는 북한의 실상이 정확한 것이냐며 의혹 어린 질문을 던지곤 했다. 또 20대 청년들은 "신기하다. 진짜로 북한에서 오셨어요?"라고 묻곤 했다. 어린 학생들의 경우에는 "북한에도 연예인이 있나요?" 같은, 조금은 생뚱맞은 질문을 던졌다. 북한에서 온 나를 대하는 방식은 이렇게 연령대별로 달랐다.

세대 차이라는 말처럼 서로 다른 시기에 태어나 서로 다른 인생을 살다 보면 당연히 북한이나 북한 사람을 바라보는 시각도 달라지고 생각도 다양해진다.

동시에 사물을 판단하는 기준도 자신의 체험이나 경험에 따라 달라지기 마련이다. 6.25를 겪으신 어르신들이 "당시에는 쌀이 귀해서 밥 먹기도 힘들었다"라고 하니까 손자뻘인 신세대들이 "그러면 라면을 먹으면 되잖아요"라고 말했다는 웃지 못할 이야기도 있다.

결국 북한 사람을 대하는 관점에는 북한 사회를 바라보는 시각과 인식도 영향을 미칠 수밖에 없는 듯하다. 평양에도 미국산 자동차가 달리고 평양 사람도 미국 영화를 몰래 본다고 하면 믿지 못하는 사람들이 많다. 북한이 한국에 비해 크게 뒤떨어진 것은 맞지만 특권층이 누리는 특혜들은 상상을 초월하는 경우가 많다.

역사란 결국 과거와 현재를 비교해보고 내일을 위한 정답을 찾는 방정식이라고 생각한다. 그러나 역사적으로 분명히 있었던 사건이라 할지라도 누가, 어떤 생각을 가지고, 어떤 각도에서 보는가에 따라 그 의미는 완전히 달라질 수 있다.

그런 관점에서 최근 내 눈에 띈 책이 유시민의 《나의 한국현대사 : 1959~2014, 55년의 기록》이다. 전직 장관이었던, 하지만 지금은 '프티부르주아 리버럴(자유주의적 소시민계급)'이라고 스스로를 소개하는 저자는 한국현대사를 흥미진진하면서도 일목요연하게 설명한다.

나로서는 참으로 많은 생각을 하게 만든 책이다. 이 책은 대한민국 역대 정권을 산업화 세력과 민주화 세력으로 나누면서 역사는 단지 회고의 기록만이 아니라는 것을 알려준다. 그리고 더 나은 대한민국의 미래를 위해서는 지금 같은 세대 간의 단절이 아니라 적극적인 소통이 필요하다고 이야기한다.

내게는 충분히 공감 가는 메시지였다. 특히 역사를 만들어가는 것은 몇몇 영웅적 인물이 아니라 바로 우리 같은 평범한 사람들이라는 메시지가 굉장히 인상 깊었다.

북한에서라면 자국의 현대사에 대해 이렇게 개인의 관점과 생각을 자유롭게 펼칠 수 없다. 권력의 관점에 대해 단 한마디라도 이견을 보이는 글을 쓴다면, 글쓴이가 맞게 될 운명이 너무 뻔하다. 생각도 하기 싫다. 하지만 이곳에서는 그런 책이 버젓이 베스트셀러 목록의 최상단에 꽂혀 있다.

자유라는 대의명분하에 평범한 국민이 정부를 비판하고 심지어 국가의 최고 권력자인 대통령의 하야를 요구하다가 결국 촛불과 태극기를 들고 대규모 시위까지 벌임으로써 역사를 쓰는 모습을 보고는 놀라기도 하고 당황스럽기도 했다.

도대체 국민이 바라는 자유는 어떤 것이며 국민이 사랑하는 대통령은 어떤 사람일까? 이제는 10년 가까이 한국에 살면서 여러 차례 정권이 바뀌는 것을 보았고 내 삶의 질도 많이 달라졌다. 이제는 차와 집도 있고 사랑하는 가족도 생기고… 나름 행복과 자유를 날마다 느끼고 있다.

"김 선생님은 정착을 잘하셨네요. 불과 10년 사이에 많은 걸 해놓으시고."

"네, 어떤 분께서 그러시더군요. 대한민국에서는 부를 이루긴 쉬워도 유지하기가 만만치 않다고요. 이제야 무슨 말인지 이해가 되네요."

결국 집도 차도 일부 가전제품도 '내 것이 아닌 은행 것'이고, 그걸 유지하기 위해 열심히 살고 있는 국민이 나 말고도 엄청나게 많다는 사실을 알게 되었다.

북에서라면 상상도 못할 꿈과 같은 '삶'을 유지하며 납세의 의무까지 지키자니 허리가 휘기는 하지만 그것이야말로 진짜 행복이 아닐까 한다.

하지만 그것은 나의 행복일 뿐이고 다른 사람들의 행복은 다를 것이다. 사람마다 자유의 척도와 행복의 기준에는 차이가 있으니까. 내가 이곳에서 차츰 깨달아가는 것이 바로 그것이다. 내가 느끼는 자유와 행복이 모두의 기준은 아니라는 것 말이다.

나는 북한에서 살다가 대한민국에 왔기 때문에 자유와 인권의 '진미'를 날마다 음미한다. 하지만 대한민국 사람들이 보는 책에는 '부족하다! 더 많은 자유와 더 높은 차원의 인권을 위해 우리 모두가 훨씬 더 노력해야 한다'고 적혀 있다. 이곳에서 책을 읽으면서 내심 크게 놀란 일 가운데 하나가 바로 이것이다. 자유와 인권에 대한 끝없는 모색과 의지와 노력이 이곳을 북한보다 훨씬 나은 나라로 만들었다는 사실을, 나는 책을 통해 깨달았다. 다양한 사상과 이념과 생각들이 책을 통해 자유롭게 제안되고 공유되는 나라. 이런 나라에 오기로 한 선택, 그것은 내가 목숨을 걸 만한 일이었다. 물론 사회의 양극화 현상을 보면서 가끔은 혼란스러울 때도 있지만 말이다.

죽음 뒤에 오는 것들

이청준 《축제》

며칠 전, 평소에 나를 잘 따르던 탈북 청년이 밤중에 전화를 걸어왔다.

"여보세요? 한밤중에 뭔 일이야?"

청년이 한동안 입을 다물고 아무 말도 하지 못한다.

"어머니가, 어머니가……."

가냘프게 떨리는 청년의 목소리가 비수처럼 내 가슴에 꽂혔다. 더 이상 설명이 필요 없었다. 북에 계시는 어머님이 세상을 떠나신 것이다.

어떤 말로도 청년을 위로할 수 없었다. 지척에 있으면서도 갈 수 없는 곳에 계시는 어머님이셨다. 결국 분단의 역사는 여전히 그 청년의 가슴을 사정없이 허비고 아픈 상처를 남겼다.

사람은 언젠가 이승을 떠나야만 한다. 중요한 것은 생명의 등불이 꺼지는 임종의 순간, 곁에 누군가가 있어주는 것이 '고인의 마지막 행복'이라는 점이다.

이튿날 착잡한 심정으로 서점에 가서 우연히 이청준의《축제》를 보게 되었다. 그리고 책의 제목과 내용이 전혀 다른 것에 놀랐다.

서울에 사는 꽤 유명한 작가 이준섭은 고향 집에 계신 노모의 부음을 받는다. 귀향한 주인공의 앞에 치매에 걸린 노모를 5년 이상 돌보았던 형수님, 오래전에 가출했던 이복조카 용순이, 작가 이준섭을 취재하려는 잡지사 기자 장혜림 등이 등장한다. 서로 다른 성격을 가진 다양한 인물들의 대화를 통해 노모의 생애가 회고되고 그간의 갈등이 폭발하며 상처가 치유되는 과정을 보면서 저자가 왜 제목을 '축제'로 했는지를 어렴풋이 헤아릴 수 있었다.

평소에 사람들은 '죽음'에 대한 표현을 너무 쉽게 하는 듯하다. '힘들어 죽겠다' '죽도록 마시고 싶다' '죽도록 사랑하고 싶다' 등등…….

개관논정蓋棺論定이라는 말도 있다. 관 두껑을 덮은 다음에야 그 사람에 대한 평가가 나온다는 뜻인데 한국에서 여러 번의 장례식에 가보고는 참으로 많은 점을 느끼게 되었다.

처음 장례식장에 갔을 때는 너무나 많은 문상객들을 보고도 놀라고 고인의 영정을 장식한 생화를 보고도 놀랐다. 고인의 시신이 장례식장이 아닌, 병원의 냉장 보관실에 있다고 해서 또 놀랐다. 영구차의 화려함에도 놀랐고 화장터, 납골당 등에도 놀랐다. 결국에는 고인에게 바치는 정성의 척도를 실감하면서 한국의 장례 문화에 감탄했다.

북한에서도 여러 차례 장례를 겪어보았지만 지금도 생각할수록 가슴이 아프다. 《축제》를 보면서 바로 북한의 장례 문화가 떠올랐다. 대개 고인을 집에 모시고 삼일장을 치르는 것이 관례이긴 하지만 집이 작아 여러 가지로 어려움을 겪는다.

시신을 모셔놓고 백포로 휘장을 치고는 밤샘을 하고 다음날 혹은 당일에 바로 입관하고 산으로 내가는 것이 일반적인 절차다. 전문 장례식장도 없고 병원의 시신 보관소도 제대로 운영되지 않기 때문이다.

북한은 대체로 산에 매장을 하고 봉분을 만드는 전통 방식을 따른다. 그런데 묘를 마음대로 쓸 수 있는 영역이 제한되어 있다 보니 최근에야 화장터가 많이 생겼다고 한다. 장례 문화의 격차를 실감하면서 북한 사람들에 대한 동정심이 가슴을 찌르기도 한다.

일단 북한에서는 불상사가 생기면 모든 장례 과정을 상주나

가족이 속해 있는 기관이나 직장에서 주관한다. 장례식에 쓰일 음식, 술, 관을 대주고 직장동료들이 묏자리를 봐주며 무덤을 만든다.

하지만 어느 때부터인가 나라 형편이 어려워지면서 이마저도 원만하게 돌아가지 않고 개인들이 부담하게 되었다. 안타깝게도 어떤 가정은 관마저 마련하지 못해서 그냥 가마니에 시신을 말아 매장하는 경우도 있었다. 고인에 대한 예의를 지키지도 못하고 남은 사람들마저 어두운 내일을 기약 없이 살아가야 하는 것이 뼈아픈 북한의 현실이다.

북에서도 당연히 부모님이 돌아가시면 가족들에게 비보를 알리고 모두 고향집으로 찾아온다. 하지만 열악한 교통 상황과 부담스러운 비용 때문에 오고 싶어도 오지 못하는 사람도 적지 않다.

다만 남북이 비교되는 점은 한국에서는 부모님이 돌아가시면 상속 문제가 화두에 오르지만 북한에는 아예 재산 상속이라는 개념 자체가 없다는 것이다.

북한에서 상속할 재산이라고는 부모님이 사시던 집뿐인데 부모님의 임종을 지킨 자식이 살게 된다. 그나마 집도 개인 소유가 아닌 국가 소유이지만 '이전권'만은 인정해주는 것이다.

그래서인지 북에서도 집을 둘러싸고 자식 간에 불화나 갈등이 생기기도 한다. 인간의 탐욕은 때와 장소를 가리지 않는 것 같다. 고인의 죽음과 동시에 이어지는 상속이라는 단어가 참 마음에 걸린다. 상속을 둘러싸고 벌어지는 이기적인 암투도 슬프기만 하다.

북에서 내려온 아내와 혼인신고를 한 날이었다. 근사한 저녁 식사를 하고 새 차를 타고 새 아파트로 돌아오는 길에 아내가 은근슬쩍 입을 열었다.

"한국에서는 재산의 절반이 아내 거라고 하던데요?"

"당연하지. 모든 은행 대출도 절반은 당신 거니까."

농담으로 던진 말에 아내가 울먹울먹한다. 그 모습이 정말 사랑스러웠다.

언젠가 내가 떠나기 전에 빚이라도 모두 갚아야겠다고 결심했다. 아마 먼저 가신 부모님들은 다들 이런 생각을 하셨을 것이다.

평양 대동강 기슭 박물관이 떠오른 이유

백인산《간송미술36》

이제 사흘 후면 한 해가 저물고 새해를 맞는다. 이즈음이면 소용도 없는 나이 타령을 늘어놓곤 하는데, 그보다는 책이라도 한 줄 더 읽는 게 낫겠다고 생각하며 서점으로 발길을 옮겼다.

눈에 띈 책이 백인산의《간송미술 36》이다. 옛 그림에 대한 대단한 관심도 해박한 지식도 없지만, 우리 문화를 지키기 위한 한 미술관의 지난한 노력에 감탄을 금할 수가 없었다.

현재 간송미술관의 연구실장이기도 한 저자는 독자에게 독특한 주문을 한다. 먼저 그림들을 찾아가 일대일로 만나 각자 느끼고 충분히 감상한 후에, 그 그림을 더 알고 싶은 생각이 들 때 이 책을 읽어달라는 것이다. 다양한 이야기를 담고 있는 아름답고 재미있는 그림들이 우선 눈에 들어오지만, 탁월한 안목과 깊은 맛이 느껴지는 저자의 해설은 이 책의 백미라고 할 수 있다. 누구라도 이 책을 읽는다면, 우리 옛 그림의 진정한 가치를 깨닫고 제대로 이해할 수 있지 않을까 싶다.

북한에도 역사박물관이 있기는 하다. 하지만 시설이나 조건이 조악한 수준이라 실물보다 사진 자료들이 대부분이다. 문화재 발굴·보존 능력에도 문제가 있지만 무엇보다 안타까운 것은, 한때 북한에 극심한 기근이 닥치면서 도자기와 그림은 물론 사찰의 불상까지 대거 도난을 당했다는 것이다. 이렇게 도굴된 문화재는 주로 중국 쪽으로 팔려갔고, 그러다 보니 전국의 역사박물관은 사진 전시장 노릇밖에 못하는 실정이다.

북한에서 한때 김홍도의 〈씨름〉이나 신윤복의 〈미인도〉가 고가에 팔린다는 소문이 퍼진 적이 있었다. 그러자 전국 각지에서 가짜 그림들이 나타났고, 이어 사기 사건들이 꼬리를 물고 벌어졌다. 재미있는 점은 그런 그림들을 '남조선 사람이 모조리 사들이고 있다'는 소문이 크게 돌았다는 사실이다. 굶주림은 역사와 문화마저 서슴없이 유린했던 것이다. 나도 한때 일확천금을 얻기 위해 신발이 닳도록 '좋은 그림'이 있다는 곳을 찾아다녔지만 진품을 만난 적은 없다.

평양의 대동강 기슭에는 조선역사박물관이 자리 잡고 있다. 하지만 갈 때마다 텅텅 비어 있었다. 그래서 평양 사람들은 그곳에 문화재를 보러 가는 것이 아니라 더위나 추위를 잠시나마 피하러 간다. 탈북 이후 최근에 들은 소식에 따르면 건물 한쪽에 커피숍이 들어섰다고 한다. 박물관 임원들이 먹고살기 위해 한 일일 테니, 보나마나 문화재 관련 업무보다 커피숍 관리에 더 열을 올리고 있을 것이 뻔하다.

물론 북한에서도 옛것을 보존하기 위한 노력을 하기는 한다. 그들도 '조선화'라는 이름의 전통 화법을 가르치고 있다. 하지만 이것 또한 '주체미술론'이라는 조악한 이념적 틀에 너무 오랫동안 갇혀 있다. 따라서 진정한 문화적 전통은 사멸되어가고 있다고 해도 과언이 아니다. 이에 비해 김일성의 역사를 선전하기 위한 혁명역사박물관이나 '혁명 활동 사적지'에 있는 것들은 고스란히 영구 보존돼 있다. 이것이 북한의 어처구니없는 현실이다. 김일성이 묵었던 집을 통째로 영구 보존하거나, 그가 만지거나 썼던 물건들을 모두 유물로서 철저한 보안 속에서 보존하는 것이다.

그러고 보니 남한에 와서 아직 미술관에 가본 적이 없다. 남한 사회에 적응하느라 정신없었고 먹고사느라 바빴다. 하지만 이 책 《간송미술 36》을 읽고 나니 새해에는 간송미술관에 꼭 한번 가봐야겠다는 생각이 든다. 북한에서 그렇게 와자지껄 소문났던 김홍도와 신윤복의 진품을 직접 확인해보고 싶은 마음이 갑자기 굴뚝같아졌기 때문이다.

나무가 있는 풍경의 소중함

고규홍《천리포 수목원의 사계》

남한에 와서 감탄한 것 가운데 하나가 '사람과 나무들이 아름답게 잘 어우러져 산다'는 점이다. 도심에서 한 발짝만 벗어나도 눈에 보이는 것은 온통 나무고 숲이다. 마치 동화 속의 신비한 숲속 마을 같았다. 헐벗은 민둥산만 끝없이 펼쳐지던 북한의 풍경만 보아온 나로서는 나무로 가득한 푸른 산천이 한없이 신기해 보였다.

　그런데 정착하고 몇 해를 살아보니 이번에는 전혀 다른 생각이 들었다. 남한 사람들은 나무가 있는 풍경의 소중함을 전혀 느끼지 못한다는 것이다. 이미 익숙한 일상적 풍경이라 그럴 법도 하지만 조금 안타깝기는 했다. 그때 문득 '나무는 아내와 같다'라는 생각을 했다. 곁에 있으면 소중함을 모르지만, 내 곁을 떠나면 한없이 그리워진다는 면에서 둘은 닮았기 때문이다. 나무와 함께 있기에 북한보다 훨씬 행복하고 아름다운 삶을 살아가고 있는 거라고, 나는 남한 사람들에게 말해주고 싶었다. 아내 잃은 홀아비가 친구 내외를 보면서 "있을 때 잘해라, 제발" 하고, 말해주고 싶은 것과 비슷한 심정이다.

최근 《천리포 수목원의 사계》라는 책을 샀다. 넉넉지 못한 형편에 꽤나 부담스러운 값을 지불하고 두툼한 두 권짜리 책을 산 것이다. 이 책을 읽은 이야기를 전하며 나는 한국인들에게 이렇게 말해주고 싶었다.

"말 못하는 나무들이 우리 인간을 위해 얼마나 많은 정성을 바치고 기쁨을 주고 있는지, 아십니까? 모르시면 이제라도 꼭 아셔야 합니다. 나무와 숲이 만든 이 눈부신 아름다움을 말이지요."

이는 북한에서 온 나만이 해줄 수 있는 이야기, 내가 하면 사람들이 귀 기울여 들어줄 이야기라는 생각이 든다.

《천리포 수목원의 사계》의 저자는 원래 신문 기자 출신이다. 하지만 그는 이 책에서 긴 세월 동안 나무의 곁에 있던 사람만이 들려줄 수 있는 소중한 이야기들을 풀어놓는다. 백과사전처럼 단순히 식물학적 정보만을 전달하는 것에 그치지 않고 '천리포 수목원'의 식물과 관련된 신화와 설화, 역사와 문화, 그리고 사람들의 이야기를 전한다. 덕분에 저자의 글은 독자의 머리와 가슴을 동시에 만족시켜준다. 식물을 사랑하는 이들이라면 늘 곁에 두고 펼쳐볼 만한 책이다.

민둥산 천지인 북한에서는 일상적인 연료 부족 탓에 나무를 베어 땔감을 만들어야 한다. 어린 시절 멀쩡한 나무를 잘라 땔감을 만들던 기억이 내 머릿속에 선연하다. 그 때문인지 요즘 지인들이 등산을 가자고 하면 나도 모르게 주춤거리게 된다. 내가 도끼로 찍어 넘긴 나무들의 영령들이 나에게 평생 가책을 느끼도록 만드는 것인지도 모른다.

옛날에는 남한도 산들이 온통 헐벗었던 시절이 있었다고 들었다. 옛날이라고는 하지만 불과 30~40년 전이다. 그 짧은 세월 동안 남한 사람들은 정말 열심히 산천을 가꿨다. 인간의 의지가 놀랍기도 하다. 《천리포 수목원의 사계》를 통해 전 세계 1만 5000여 종의 식물들을 만났다. 그 방대하면서도 놀라운 식물의 세계를 거닐면서 나는 내 지난 인생을 놓고 나무와 이야기해보고 싶은 충동이 일었다.

'내가 살기 위해 베어야 했던 나무들아, 정말 미안하다. 이제 너희와 어울려 평생을 살다가 힘들었지만 아름다웠던 내 인생을 마무리 지으면, 너희의 그 넉넉한 품으로 들어갈게. 부디 그때는 용서해주렴….'

서늘한 우리 옛글을 다시 읽었다

이상하 《냉담가계》

요즘 눈에 넣어도 아프지 않을 만큼 사랑스러운 딸을 위해 미역국을 끓이고 손빨래를 하는 '나'를 발견하게 된다. 극히 가부장적 사회인 북한에서 살아온 나의 변화에 대해 이리저리 생각하다가 읽게 된 책이 《냉담가계》다.

한국고전번역원 이상하 교수가 편역한 이 책은 한국고전번역원의 '고전의 향기' 코너에 2년 동안 연재됐던 글을 수정·보완해 엮은 것이다. 나는 무엇보다 '냉담가계'라는 제목의 뜻이 궁금했는데, 주자朱子가 친구인 여조겸呂祖謙에게 보낸 편지에서 따온 말이라고 한다.

사서史書, 즉 역사책은 시끌벅적한 저잣거리와 같아 흥미를 끌기 쉬운 반면, 경서經書, 즉 성현들의 가르침을 담은 책들은 그 내용이 냉담해 맛이 없다는 뜻이라고 한다. 한문학자인 저자는 옛글 특유의 이런 '맛없음'마저 깊은 맛으로 느낄 수 있도록 이끌어주는 고전 길라잡이의 필요성을 느꼈다고 한다. 이 책은 이 교수가 옛글 읽기의 참맛을 느낄 수 있는 50편의 글을 골라 번역한 다음 원문과 함께 해설을 덧붙인 것이다. 5부로 나뉘어 책에 실린 글들은 깊이가 있으면서도 가슴에 착 감긴다.

한마디로 《냉담가계》에 실린 글들은 현세의 사람들도 삶의 지침으로 삼을 만한 것들로서, 나는 이 책을 읽은 끝에 "마음을 비우면 진정한 자신의 모습이 보이고 사회를 파악할 수 있다"라는 나름대로의 결론을 얻었다.

1부 '텅 빈 마음에 빛이 생기나니'는 마음을 비우고 세상을 바로 보면 지혜가 생기고 올바른 삶의 길이 보인다는 생각을 하게 했고, 2부 '가난해도 즐거울 수 있다면'은 진정한 행복의 척도를 깨닫게 해주는 것 같았다. 3부 '살구꽃은 봄비에 지고'는 만사에 때가 있음을 일깨워주는 동시에 특히 술의 미덕과 해악을 알려줌으로써 '술을 어떻게 마실까'라는 문제를 제기하고 있다. 확실히 술은 많이 마시면 백해무익하다는 생각이 들었다.

4부 '고전은 본래 냉담한 법이니'는 옛사람들이 공부를 어떻게 했고 냉담한 학문을 어떻게 대했는가를 알려주고 있으며, 마지막 5부 '세상은 물결이요, 인심은 바람이라'는 당시의 정치와 권력에 대한 그야말로 냉담한 관점을 밝히고 있다. 난 5부가 가장 마음에 들었다. 정치와 권력은 앞으로도 계속 존재하며 우리와 밀접한 관계를 유지해가니 말이다.

아마 이 책은 북한에서 절대로 볼 수 없는 금서禁書일 것이다. 북한 당국은 고전이 주민들의 의식을 깨우쳐주는 시금석의 역할을 한다는 것을 너무나도 잘 알기 때문이다.

물론 북에도 고전에 대한 개념과 인식이 존재한다. 고전소설이나 조선시대를 반영한 영화도 만든다. 하지만 그들이 바라보는 조선시대란 봉건 관료 통치자들이 판을 치고 양반과 천민의 신분 격차가 엄존하는 부조리한 봉건사회일 뿐이다.

그런데 사실은 현대 북한 사회야말로 조선시대의 신분제도를 그대로 본뜬 통치 방식을 고수하고 있다는 것이 참으로 아이러니하다. 말로는 인민이 주권을 가진 '인민의 나라'라고 하지만 그 주권을 지켜준다고 하는 노동계급 출신 관료들이 김씨 왕조를 떠받들며 나라를 장악하고 있는 것이다. 옛말에 "개구리 올챙이 때 생각을 못한다"고 했다. 또 "머슴이 지주가 되면 더 악착하다"는 말이 북한 서민층의 대화 중에 심심찮게 나온다. 모두 북한 사회가 어떤 모순에 처해 있는지를 엿보게 하는 말들이다.

나는 북한에서 소설가였지만, 역사에 대해 다양한 각도로 깊이 있게 생각해본 적이 없다. 북한에서는 역사를, 정권의 정당성을 입증하는 도구로만 여기기에 따로 생각하거나 해석해볼 여지가 없기 때문이다. 나는 남한에 와서야 처음으로 역사라는 것을 내 나름대로 생각해보기 시작했다. 그래서 역사책을 자주 들여다본다. 《냉담가계》와 같은 책은 과거를 비춰 오늘을 밝히는 진정한 양서다. 역사를 반영하고 있는 옛글에는 배워야 할 점이 많다. 좋은 것은 받아들이고 나쁜 것은 배척해야 '전보다 좋은 사회'가 만들어지는 것이 아닐까? 이것이 역사를 알고 배워야 하는 이유일 것이다.

남한에 와서 조선시대를 다룬 영화나 드라마를 즐겨 보고 있다. 멋진 배우들의 연기력과 박진감 넘치는 스토리에 빠져든 이유도 있지만, '역사는 어떤 식으로든 지금 여기서 살아가는 내게 항상 큰 교훈을 준다'는 생각 때문이다. 북한에서 지극히 가부장적이었던 내가 딸아이의 기저귀를 갈면서 하는 생각이다. 남한의 선비가 된 것이 정말 좋다.

3부

전기가 풍부한 나라에 와서

일이 많은 한국으로 넘어온 이후
일이 없던 북에서의 습관을 버리게 되었다.
바로 '낮잠'이다.

북한에도 CCTV가 있나요?

조지 오웰《1984》

"이건 뭐예요?"

아내가 책상 위에 놓인 전자담배를 집어든다.

"어? 그거 USB. 중요한 자료가 들어 있어. 이리 줘."

"뭐가 이렇게 커요?"

중요한 자료가 아닌, 담배를 대체하는 액체가 들어 있는 USB(?)를 탈환한 나는 황급히 자리를 피했다. 몇 달 전 아내에게 '금연'을 맹세하고 나서 전자담배로 갈아탔던 것이다.

글을 쓸 때는 여전히 '커피와 연기'가 필수라서 담배는 어쩔 수 없는 나의 습관이었다.

하지만 금연을 약속한 뒤로 아내는 집요하게 나를 감시해왔고, 유치원에 다니는 딸까지 아내와 합세하여 나만의 공간인 서재(서재라고 해봤자 작은 방에 책상과 책장이 있을 뿐이지만)를 수시로 수색한다. 어찌 보면 나의 건강을 위한 가족의 극진한 사랑과 관심이지만 글을 써야 하는 내 입장에서는 타협이 안 되는 부분이기도 하다.

사랑하는 가족의 감시망에서 벗어나 서점에서 집어든 책이 조지 오웰의 《1984》였다. 《1984》는 1949년에 나온 디스토피아 소설이다. 흥미로운 점은 오웰이 작품을 완성한 해는 1948년인데 '48'을 뒤집어 '1984'로 제목을 달았다는 점이다. 인도에서 하급 공무원의 자식으로 태어난 오웰은 어려서부터 상류층 자녀들과의 계급적 차이를 느꼈고 성인이 되어서는 전체주의를 혐오하는 성향이 뚜렷했던 작가다.

《1984》는 빅 브라더라는 인물의 독재체제를 유지하기 위해 '텔레스크린'이라는 요상한 장치로 사람들을 감시하고 통제하는 과정에서 사랑하는 남녀가 겪는 희로애락을 그린 내용이다.

고도의 감시 속에서도 사랑에 빠진 윈스턴과 줄리아는 결국 당국의 덫에 걸려 굴복과 순종을 강요당한다. 이 책을 보면서 즉시 떠오른 것이 내가 살던 북한 사회였다.

"북한에도 CCTV가 있나요?"

언젠가 받은 질문에 나는 단마디명창으로 이렇게 답변했다.

"당연하죠. 인간 CCTV가 사방팔방에 득실거립니다."

북한은 주로 1대 3 관리체계로 형성되어 있다. 즉 주민 한 명을 세 명이 감시하고 통제한다는 뜻이다. 세 명은 노동당, 보안요원(경찰), 그리고 국가안전보위부를 의미한다.

좀 더 구체적으로 설명한다면, 주민들의 활동 영역과 생활 영역은 주거지와 근무지로 나뉘는데 이 두 곳에 '담당제'로 '3권' 기관들이 촉각을 세우고 있는 것이 특징이다.

주민등록, 거주, 이전, 이직 등의 모든 업무는 일반 관공서가 아니라 보안기관(경찰기관)이 총괄한다. 그 외에 국가보위부는 주민들의 사상 동향과 집회 및 결사의 요소를 은밀하게 감시한다. 한편 유일 집권당인 노동당은 사상 고양과 조직 결속을 위해 부단히 선전선동을 하는 역할을 한다. 이런 빈틈없는 사회구조를 통해 북한은 인민민주주의와 사회민주주의를 구현하고 있는 셈이다.

현재 한국에 살고 있는 탈북민의 수가 3만 5000명에 달한다. 중국을 비롯한 해외 각국에 살고 있는 탈북민을 모두 합치면 20만 명 가까이 된다고 한다. 결국 북한 인구 2400만의 10퍼센트 가까운 주민들이 철통 같은 그 사회에서 벗어난 셈이다.

"북에서 민주화운동이 일어날 가능성은 없나요?"

언젠가 이런 질문을 받은 적도 있다.

"요덕군(정치범수용소)이 존재하는 한, 불가능하지 않을까요?"

전체 인구의 10퍼센트 가까운 인원이 수용되어 있다는 요덕군의 실체에 대해서는 현재 제법 많은 부분이 알려져 있다. 북에서 실제로 그곳(수용소)에서 살다 나온 사람들의 이야기를 들은 적이 있었다. 강도 높은 노동과 밤낮을 가리지 않는 정신교육으로 일관된 통제구역에서의 삶은 상상을 초월한다고 한다.

한국에 정착한 탈북민들의 절대 다수는 '인권'과 '자유'의 개념조차 인지하지 못했던 사람들이다. 나 역시 예외가 아니었다. 하지만 자유와 인권은 이곳의 일상 곳곳에 깃들어 있었다. 무얼 사든, 어디를 가든, 무슨 말을 하든 자유였다.

처음으로 자가용 차를 구입해 시원하게 뻗어나간 '자유로'를 달리면서 가슴 뿌듯했던 그때를 지금도 잊을 수 없다. 말 그대로 자유를 온몸으로 실감하면서 '자유로'를 달린 셈이다. 물론 속도 위반으로 벌금고지서가 날아왔지만 조금도 아깝지 않았다. 때로는 자유의 대가를 지불하기도 하는 법이다.

자유란 체험해본 사람만이 그 진가를 안다. 하지만 자유의 기준을 쉽게 정할 수는 없다. 각자의 환경에 따라 수시로 변하는 것이 자유의 기준일 테니까.

그런 의미에서 내 자유의 기준은 극히 소박하다. 보고 싶은 책을 보고, 쓰고 싶은 글을 쓰고, 하고 싶은 일을 하는 것만으로도 행복하다.

"자유로우면 행복하고 행복하면 자유롭다."

하지만 자신의 자유를 위해 남의 자유를 침해할 때 자유는 때로 방종이 되기도 한다. 그 방종은 사회 질서를 혼란스럽고 복잡하게 만든다.

가령 광화문 광장에서 벌어지는 시위 때문에 교통이 마비되는 경우 시위하는 사람의 입장에서는 정의로운 목적을 위한 투쟁이겠지만 교통 정체 때문에 오도 가도 못하는 사람들 입장에서는 자유의 침해가 아닐까 조심스럽게 생각해보게 된다. 누군가가 자유를 실감하는 순간 또 다른 누군가는 자유롭지 못한 입장에 놓이기도 하는 것이다.

서로의 자유가 부딪히는 가운데 우리는 어디까지 자유로울 수 있을까? 그리고 어디서부터 다른 사람의 자유에 끼어들 수 있을까? 결국 자유와 방종의 경계란 시대에 따라, 사회에 따라 달라지며 영원히 불균형적일 수밖에 없는 듯하다.

누군가의 감시와 통제에서 벗어났다고 해서 완전한 자유를 얻는 것은 아니다. 어디까지 자유로워야 자유롭다고 느낄지는 결국 자신의 이기심에 의해 결정되기도 하니까 말이다.

일에 지치고 대출금 상환에 허리가 휘고 출퇴근 시간에 지하철에서 사람들에게 부대끼다 보면 새처럼 자유롭게 어디론가 날아가고 싶어진다. 하지만 내가 이기적으로 나만의 자유를 추구하다 보면 가족이 자유를 빼앗기게 되기에 나를 비롯한

이 땅의 아버지들은 자유를 초월하는 책임감과 사명감으로 가정의 행복을 지키고 있다.

갑자기 아인슈타인의 상대성 이론이 머리에 떠오른다. 혹시 자유에도 특수자유와 일반자유가 있는 것은 아닌지 궁금해진다.

어쨌든 행복한 만큼 자유로움을 느낄 수 있는 지금이 좋은 것 같다.

돈 많은 빈자들

맷 타이비《가난은 어떻게 죄가 되는가》

한국에 온 지도 벌써 10년째가 되어가지만, 요즘도 가끔 길을 가다가 눈에 밟히는 간판이 있다. 바로 '로또'다. 불과 1000원 짜리 종이 한 장 덕분에 벼락부자가 되는 것이 정말로 신기했다. 게다가 어마어마한 금액의 복권에 당첨됐다가 얼마 지나지 않아 도박과 사치에 빠져서 빈털터리가 된 사람도 있다니, 그것 또한 신기했다. 결국 부자와 빈자의 차이도 종이 한 장인가 하는 생각을 하면서 읽은 책이 바로《가난은 어떻게 죄가 되는가》다.

《가난은 어떻게 죄가 되는가》의 저자 맷 타이비는 〈롤링스톤스〉지의 기자로서 월스트리트의 금융 기업들과 관료들에 대해 혹독한 비판을 아끼지 않는 것으로 정평이 나 있다. 그는 골드만삭스라는 금융 회사를 '인류에 들러붙은 흡혈 오징어'로 표현한 것으로도 유명하다.

이 책에서 타이비는 조직적인 사기로 세계 금융위기를 초래한 금융 회사의 고위 임원들이 아무런 처벌도 받지 않은 반면, 가난한 사람들은 경미한 질서 교란 행위만으로도 감옥에 가는 현실을 대비시키고 있다. 즉 부의 양극화가 집어삼킨 미국의 사법 시스템을 해부하고 있는 것이다. 최근에도 심심찮게 벌어지는 인종차별적 판결에서도 엿볼 수 있듯이, 미국의 사법 불평등은 해묵은 숙제 중 하나인데, 타이비는 미국 사회가 가난을 죄악시하는 것을 넘어 '가난을 처벌'하는 단계로까지 나아갔음을 구체적인 사례들을 통해 생생히 보여준다. 이 책이 그리는 것은 경제 논리에 잠식된 사법 시스템과 그 지배를 받는 디스토피아로서의 미국 사회다.

'가난이 죄'라는 말은 북에서도 자주 쓰인다. 모두가 평등하다고 주장하는 북한에는 도무지 어울리지 않는 말이지만 현실은 전혀 다르다. 탈북자들이 이구동성으로 비아냥거리는 말 중에 '북한은 간부들만 잘사는 나라'라는 표현이 있다. 내가 북에서 알고 지내던 고위 간부가 있었다. 어느 날인가 내가 그에게 "남과 북이 통일되면 좋지 않겠느냐"고 물은 적이 있다. 그런데 돌아온 대답이 이랬다.

"내가 왜 세금을 내야 하지? 그래서 난 지금이 더 좋아!"

나는 북한에서 소설가였다. 그때 내가 쓴 단편 중에 〈지팡이〉라는 작품이 있다. 어느 날 시각장애인이 지팡이를 요령 있게 짚어가며 대로변을 홀로 자유롭게 걸어가는 모습을 보고 나서 쓴 소설이다. 그는 앞을 보지 못하니 길에 떨어진 동전을 그냥 스쳐 지나갔다. 그래서 그의 뒤에서 걷던 내가 돈을 주웠다. 그는 동전을 놓쳤음에도 어쩐지 행복해 보였고, 오히려 그가 놓친 동전으로 횡재를 했던 내 마음이 씁쓸해졌다. 〈지팡이〉는 실제로 있었던 나의 일화를 고스란히 옮긴 것이다.

한국에 와서 처음으로 세금이라는 것을 내며 산다. 빠듯한 살림에 세금을 내려니 살짝은 뼈 아픔이 있다. 하지만 내가 내는 세금으로 나라일이 돌아가고, 그로써 나는 이 나라에서 떳떳하게 주권을 행사하고 있다. 그래서 뿌듯하다.

그런데 이상한 것이 하나 있다. 우리 같은 서민들이 뼈 빠지게 돈을 벌어 세금을 내면 그것으로 월급을 받는 사람들이 우리 서민들보다 훨씬 더 부자로 사는 경우는 대체 어떻게 봐야 할까? 가끔 발표되는 공직자들의 재산을 보면 정말 놀라서 자빠질 노릇이다.

세금이 없는 북한이라지만, 역시 권력이 곧 부를 낳는 '정경유착 현상'은 비일비재하다. 그들이 쌓아올린 부는 결국 살기 힘든 북한 주민들에게서 뜯어낸 피와 살이다. 나는 그들을 '돈 많은 빈자'라고 부르고 싶다. 절대 권력자 김씨의 비위에 거슬

리면 시도 때도 없이 총알세례를 받을 수 있는, 그야말로 파리 목숨들이기 때문이다.

이에 비해 두부 한 모에 김치 한 접시를 밥상에 올려놓고도 그저 웃으며 억세게 살아가는 북한의 평범한 주민들도 있다. 누가 더 나은 삶일까?

가진 것은 없어도 부자처럼 사는 사람이 있고, 천만금을 쥐고도 불행한 사람이 있다. 사람 사는 세상에서 이 진리는 남과 북이 따로 없다.

환한 전기가 마냥 반갑지 않은 이유

스베틀라나 알렉시예비치 《체르노빌의 목소리》

처음 남한에 왔을 때도 그랬지만, 지금도 대낮처럼 밝은 서울의 밤거리를 거닐 때면 '정말 전기가 풍부한 나라구나' 하는 생각을 한다. 형형색색의 일루미네이션과 산악처럼 겹겹이 서 있는 고층 건물들의 불빛이 불야성을 이루는 밤거리를 거닐 때면 늘 북한에서 보낸 밤들이 생각난다. 먹물을 뿌린 듯이 캄캄한 밤거리를 걷다가 전봇대에 부딪히고 하수구에 빠지고…. 남한에서는 거의 일어나지 않는 일이다. 그래서 북한에서는 밤에 플래시나 라이터를 번쩍거리면서 조심스럽게 걸어야 했다.

그런데 《체르노빌의 목소리》를 읽고 남한 전역을 환하게 비추는 전기가 바로 21개의 원자력 발전소에서 나오는 산물임을 알고 무척 놀랐다.

체르노빌 원전 사고가 얼마나 끔찍했는지는 방사선 수치나 코끼리 코가 달린 아이의 사진으로 잘 알려져 있다. 하지만 체르노빌을 경험한 사람들의 삶에 대해서는 구체적으로 알려진 바가 별로 없다. 《체르노빌의 목소리》는 단지 체르노빌 원자력 발전소와 가까이 있었다는 이유만으로 국가적 재난을 당한 벨라루스 사람들의 이야기로, 소설이 아닌 실화다. 지은이 스베틀라나 알렉시예비치는 이 책을 위해 무려 10여 년간이나 100여 명의 사람들을 인터뷰했다.

몇몇 인터뷰는 검열로 인해 초판에 실을 수 없을 정도로 이 책은 체르노빌의 실상을 적나라하게 보여준다. 무엇보다 이 책은 미래를 보여준다. 과거에 일어났던 체르노빌 사고는 이제 후쿠시마에서 계속되고 있으며, 이는 분명히 다가올 우리의 미래라는 것이다. 그래서 이 책의 부제가 '미래의 연대기'인 것이다. 이 책은 영어, 일본어, 독일어 등 전 세계 10여 개 국어로 번역됐으며, 2006년 미국 비평가협회상을 받았다. 또한 독백 형식의 연극으로 만들어지기도 했다. 한국어판은 당국의 검열로 초판에서 제외됐던 인터뷰와 새로운 인터뷰가 추가된 2008년 개정판의 번역본이다. 그리고 후쿠시마 원전사고 이후 저자의 새로운 서문이 추가돼 있다.

북한의 3대 세습자가 정권을 잡으면서 새롭게 꺼내든 구호가 바로 '핵보유국'이다. '핵과 경제의 병진노선'이라는 표현을 대놓고 하고 있다. 정상적인 외교관계나 개혁개방정책으로는 체제 유지 자체가 힘들기 때문이다. 핵을 가지고 있어야 국제 사회에서 '왕따' 신세를 면하고, 남한과의 군비경쟁에서도 힘의 균형을 유지할 수 있다는 게 그들의 계산이다.

결국 북한은 체제 유지를 위한 핵무기 때문에, 남한은 소비해야 할 전기 때문에 원자력 발전소를 가동하고 있다. 이래저래 한반도는 핵을 껴안고 있는 것이다. 근묵자흑近墨者黑이라고, 아무리 전쟁을 억제하고 핵을 철저히 관리한다 해도 아예 곁에 두지 않는 것보다는 훨씬 위험하다. 그래서 이런 생각을 해봤다. 만약 통일이 된다면 북한의 핵 관련 시설을 없애고 한반도의 비핵화를 선언하는 것이다. 그리고 화력이나 수력 발전으로 원자력 발전을 대체하는 것이다.

그럴 수만 있다면 우리와 후손들이 살아야 하는 이 땅에서는 체르노빌이나 후쿠시마의 참상이 일어나지 않을 것이다. 끔찍한 핵의 위험으로부터 벗어나기 위해서라도 하루빨리 통일이 이루어져야겠다는 생각이 든다.

자라나는 미래의 주인공들인 자식들을 생각해서라도 나는 이 땅에서 '핵'이라는 말을 영영 없애고 싶다. 언젠가 통일이 된다면 나는 조명 가게를 북한에 차리려고 한다. 북한 사람들에게 밝은 불빛을 주고 싶은 마음에서….

바빠서 고단한 남한 직장인,
일이 없어 고단한 북한 직장인

에리크 쉬르데주 《한국인은 미쳤다!》

남한에 와서 어쩌다 맺은 인연들에게 가끔 연락을 하고 안부도 묻는다. "언제 한번 만나서 술이나 한잔 하자"고 말은 쉽게 하지만 실제로 그러는 것은 국왕을 알현하는 것만큼이나 어렵다. 서로 비어 있는 시간을 찾을 수 없는 탓이다. '남한 사람들은 참 바쁜 인생을 살고 있구나' 싶었고, 처음에는 그게 무척 신기하기도 했다. 그런데 어느 때부터인가 나도 누가 약속 날짜를 잡자고 하면 휴대전화에 저장된 다이어리부터 보게 되었다. 나도 남한 사람이 다 됐나 보다.

슬슬 가을바람이 차갑게 느껴지던 어느 날, 우연히 나의 눈길을 끈 책이 《한국인은 미쳤다!》다. 제목부터가 심상치 않았다. '나도 이젠 한국인이지만 미쳐본 기억은 없는데…'라는 생각을 하면서 책을 사들고 근처 커피숍에 틀고 앉았다.

《한국인은 미쳤다!》는 21세기에도 여전히 위계적이고 군사적인 한국의 기업문화를 이방인의 눈으로 짚어보는 내용이다. 2003년부터 2012년까지 10년간 LG전자 프랑스법인장이었던 에리크 쉬르데주라는 경영 전문가가 썼다. '창의성이 곧 경쟁력'이라는 슬로건과 달리 주말 출근과 야근을 독려하거나 강요하는 한국의 기이한 기업문화와 경영 방식을 비판적인 시각에서 다루고 있다. 인간성은 배제한 채 지나친 성과주의와 효율성에 매몰된 한국의 기업문화가 프랑스인의 시선을 따라 고스란히 드러난다.

저자는 이런 문제의 원인을 한국 기업 특유의 강력한 위계적 체계에서 찾는다. 또 기업에 이토록 강력한 위계질서가 확립될 수 있었던 것은 가정, 학교, 사회, 국가에 이르기까지 동일한 서열 구도가 자리하고 있기 때문이라고 분석한다.

이 책을 읽는 동안 북한에 비해 상대적으로 모든 것이 풍요로운 이 사회에서 마치 러닝머신과 같은 삶을 사는 남한 사람들의 모습과 과거 북에서의 내 직장 생활이 겹쳐져 떠올랐다. 모든 것이 부족하고 열악한 북한에서 나는 직장에 나가도 특별히 할 일이 없어 사무실 문을 잠그고 안에서 장기를 두거나 카드를 치며 시간을 보낸 적이 많았다. 가족의 생계를 위해 불철주야 자신의 모든 시간을 투자하는 남한의 직장인 아빠들과 달리 북한의 직장인 아빠들은 쌀 1킬로그램도 사지 못할 '참새 눈물만 한 국가 봉급'을 받고 빈둥대며 시간을 보낸다.

북한 직장인 남편들의 월급은 '참새 눈물만 하다'고 묘사할 만큼 말도 안 되게 적기 때문에 아내들이 고생을 해야 한다. 북한에서는 시장을 '장마당'이라고 하는데, 직장인을 남편으로 둔 대부분의 아내들은 이 장마당에 나가 뭐든 팔아서 가족의 생계를 함께 꾸린다. 상황이 이렇다 보니, 북한에서는 직장인 남편의 위상이 말이 아니다. 그래서 아주 오래전부터 아내들이 부르는 남편의 별명은 '집 지키는 멍멍이' 또는 '남편'이 아닌 '불편'이다. 도움이 되는 존재가 못 되다 보니 그런 비속어가 나온 것이다. 그 외에도 남편을 '짐꾼'이라고도 부른다. '짐꾼'은 출근 전이나 퇴근 후에 아내가 파는 물건들을 시장으로 날라주어야 하기 때문에 붙은 별명이다. 한창 일할 나이에 직장에서 퇴직을 맞아 백수가 되어버린 남한의 중년 남자들과 비슷하다고 보면 될까? 그런데 북한의 직장인 남편들은 퇴직 이후가 아니라 평생을 그렇게 살아야 한다. 물론 북에서도 권력을 쥐거나 재력을 휘돌릴 수 있는 직책에 있는 남편들은 가부장적인 지위를 계속 유지한다.

일이 많은 한국으로 넘어온 이후 일이 없던 북에서 고질화되었던 습관을 버리게 되었다. 바로 '낮잠'이다.

그 땅에서 거의 30여 년을 살면서 낮잠을 자지 않은 날을 꼽으라면 충분히 꼽을 수 있을 정도다. 한국과 달리 북한에서는 점심을 집에 가서 먹는다. 점심을 먹고 한숨 돌리다 보면 자연히 눕게 되고 한두 시간 정도는 낮잠을 자게 된다.

그런데 한국 생활 11년 차인 현재는 오히려 낮잠을 잔 날을 꼽으라면 꼽을 수 있을 정도다. 일이 너무 많아서 매일 미친 사람처럼 일만 해야 하는 남한 사람들과 일을 하고 싶어도 할 일이 없어 빈둥대야 하는 북한 사람들. 남북 간 사회제도의 품격이 비교되는 국면이기도 하다.

물론 남한에도 실업자는 있다. 하지만 아르바이트를 하든 일용직을 하든 마음만 먹으면 일은 있다. 다시 말해 노력만 하면 노동의 대가를 얻을 수 있다.

북에서는 직장이 없는 사람들을 '무직 건달자'라고 부르며 경범죄자 취급을 한다. 따라서 북한 남성들은 모두 직장인이다. 하지만 그런들 무엇하랴. 차례지는 보수가 없는데.

지금도 유사하지만, 내가 북에서 받았던 월급이 당시 3500원이었다. 북에서는 적은 액수가 아니었다. 하지만 시장에서 쌀 1킬로그램의 가격이 1200원 정도였다. 당시 개성공단을 통해 들어온 초코파이가 300원이었다. 국가경제의 침체가 빚어낸 북한 시장경제의 취약성이 드러나는 대목이다. 지금도 남북의 화폐 차이는 1대 9 정도이고 북한 주민들도 시장가격에 걸맞은 개인 장사를 통해 생계를 유지하고 있다.

한국에서는 남편이 퇴직을 하면 아내가 "이제부터 어떻게 살 거냐"며 지청구를 한다는 소리를 들었다. 또한 곰탕을 가득 끓여놓고 열흘 정도 아내가 사라진다는 이야기도 엿들은 적이 있다. 이제는 나도 그런 현실을 살아가는 '대한민국의 아빠'다.

낮잠을 자던 '북한 아빠'에서 낮잠을 잘 수 없는 '남한 아빠'가 된 셈이다.

어떤 죽음과 실패에 대하여

416 세월호 참사 시민기록위원회 작가기록단 《금요일엔 돌아오렴》

완연한 봄기운이 느껴지는 시내를 걷는다. 그러다 문득 눈에 띄는 노란 리본들. 곧장 세월호의 아픈 기억이 떠오른다. 돌아오지 못한 어린 희생자들의 영혼을 상징하는 리본의 노란빛은 결코 우리들의 가슴에서 지워지지 않을 것이다. 어쩌면 영원히.

유난히 눈길을 끄는 제목 때문에 펼쳐든 책 《금요일엔 돌아오렴》은 '416 세월호 참사 시민기록위원회 작가기록단'이 2014년 4월 16일 세월호 참사 직후부터 그해 12월까지 단원고 희생 학생 유가족들과 동고동락하며, 그중 열세 분의 부모를 인터뷰해 펴낸 책이다.

그래서인지 이 책은 기존의 언론 매체가 보도하지 못한 이야기들을 담고 있다. 유가족들의 애타는 마음과 극심한 내면적 고통, 힘없는 개인이 느끼는 국가에 대한 격정적인 분노와 무력감까지 고스란히 담고 있는 기록이다. 한마디로 슬픔과 눈물로 엮은 책인 것이다. 이 땅에서 자식을 낳아 기르는 아버지로서 이 책을 읽는 동안 가슴이 찢어지는 것과 같은 통증을 느꼈다. 물속으로 잠겨 들어가는 어린 학생들의 모습이 떠올라 신정적으로 어찌할 바를 모를 지경에 자꾸 빠져들었다.

나는 통일교육 때문에 자주 학생들을 접하다 보니 남한과 북한 학생들의 모습을 종종 비교하게 된다. 북한 학생들이 불쌍하다고 동정도 하고 심지어 울기까지 하던 순진하고 소박한 마음을 가진 남한 학생들이 기특하기도 하고 사랑스럽기도 했다. 언제인가 유명한 여중에서 평화통일에 대한 교육을 한 적이 있었다. 그날 강의가 끝나자 어떤 여중생이 다가와 노트를 찢은 종잇장을 주면서 "선생님, 제 마음이에요!"라고 한마디 하고는 어디론가 사라져버렸다. 종잇장을 펼쳐보았더니 앞뒤로 깨알만 한 하트가 가득 그려져 있었다. 그걸 보고 가슴이 뭉클했다. 45분 동안 그 하트를 그리면서 나의 강의는 얼마나 잘 들었을까 생각하면서도 사랑이 빼곡한 그 마음이 더 소중했다. 세월호 참사로 그런 순수한 아이들이 우리 곁에서 영영 떠났던 것이다.

북한에서도 인재나 대형 참사는 비일비재하다. 그중 가장 큰 참사가 1990년 중엽에 있었던 집단 아사 사건이다. '고난의 행군'이라고 불리는 바로 그 시기의 사건이다. 이때 북한에서는 절대적인 식량 기근 때문에 많은 사람들이 굶어 죽었다. 현재 남한에 살고 있는 탈북민 절대 다수가 바로 그 시기를 극복한 사람들이다.

하지만 남한과 달리 북한에는 언론보도의 자유가 없고 늘 철저히 통제되기 때문에 구체적인 사건의 진상에 대해서는 알 수 없었다. 당시 북한 전역에서 벌어진 집단 아사의 참상은 그저 입소문을 통해서만 짐작할 수 있었다. 오히려 대한민국에 와서야 당시의 참상이 어느 정도였는지 정확히 알게 됐다. 원래 '고난의 행군'이란 말은 1938년 말부터 1939년까지 김일성이 이끄는 항일 빨치산이 만주에서 토벌 작전을 피해 혹한과 굶주림 속에서 100여 일간 행군한 것에서 유래했다.

이후 1994년 김일성이 죽고 북한의 경제 사정이 극히 어려워지자 주민들의 희생을 강요하기 위해 김정일이 내놓은 구호가 바로 '고난의 행군'이었다. 그리고 이 고난의 행군 기간에 무려 200만 명 이상의 아사자가 북한에서 발생한 것으로 추정된다. 물론 이 숫자는 정확한 통계가 아니다. 하지만 그때를 생각하면 지금도 가슴이 아프다. 그 시절에 내 손으로 묻어드린 고인만 해도 수십 명은 되는 것 같다. 그리고 남겨진 가족들이 비애에 잠긴 모습이 지금도 생생하게 떠오른다. 물론 당국은 유가족들에게 아무런 보상도 하지 않았다. 또 보상이라는 말조차 인지를 못하고 사는 것이 그 땅의 율법이기도 하다.

그런데 한국에 와서 또다시 가슴 아픈 사건을 보게 될 줄은 꿈에도 몰랐다. 그것도 인간의 이기적인 욕심 때문에 죄 없는 사람들이 희생되었다. 꿈도 많고 웃음도 많고 이성 간의 애틋한 사랑도 어렴풋이 알기 시작한 고등학생들이 한날한시에 이 세상을 떴다는 사실이 믿어지지 않았다. 만약 그 배에 내 자식이 타고 있었다면 심장을 도려내는 아픔을 어떻게 견뎠을까. 생각만 해도 소름이 끼친다. 금요일에 돌아오겠다던 아이들이었다. 지금도 희생된 아이들의 부모님들은 금요일이면 현관문을 지그시 바라보고 있을 것이다. 억만금을 보상한다 한들 그들의 아픈 상처는 치유될 수 없다고 생각한다. 박았던 못을 뽑아 던져도 구멍은 남는 법이다.

북한에는 남한처럼 보험제도 같은 것이 없다. 떼죽음의 책임은 전적으로 정권에 있지만 개인의 죽음은 전적으로 개인의 실패일 뿐이다. 그런 점에서 북한은 무능한 동시에 사악한 정권이자 체제다. 바로 그런 땅에서 살다 온 탈북민들인 만큼 세월호 참사를 대하는 마음이 남다르다. 졸지에 어린 자식을 굶겨 죽이고는 그 시신을 얼어붙은 땅에 묻고 온 탈북민들. 이들은 세월호에서 희생된 아이들과 유가족들의 아픔을 결코 남의 일로 여기지 못한다. 나 역시 마찬가지다. 자식을 잃은 한없는 슬픔에 깊이 공감하며 유가족분들의 손을 부여잡고 위로를 전하고 싶다. 세월호 희생자들의 명복을 기리며….

떠도는 청춘들의 눈물

이시다 이라 《괜찮은 내일이 올 거야》

남한에 처음 와서 어리둥절하던 시절에 서로 의지하고 마음을 나누던 친구가 있다. 그런 그와 한동안 연락이 끊어졌다. 별다른 이유는 없었다. 서로 사는 게 너무 바쁜 탓이었다.

2년 동안 전화 한 번 없던 그가 며칠 전에 나를 찾아와 무려 2년 만에 회포를 나누었다. 그때 그는 한숨을 푹푹 쉬며 걱정을 했다. 직장에서 계약 기간이 끝나가는데, 그 직장을 잃으면 당장 살 길이 막막하다는 것이었다. 그랬던 그가 어제는 한껏 들뜬 목소리로 다시 전화를 걸어왔다. 그러고는 직장과 재계약했다는 소식을 전했다. 활기를 되찾은 친구에게 나는 이렇게 말했다.

"그럼, 우리는 또 2년은 지나야 한잔할 수 있겠네."

일본 작가 이시다 이라의 장편소설《괜찮은 내일이 올 거야》를 읽었다. 한날한시에 공장에서 해고된 네 청춘이 600킬로미터를 걸어서 여행하는 과정을 그린 작품이다. 그들은 집도 차도 없는데다 결혼의 꿈은 이미 접은 지 오래였다. 그런데 일자리마저 잃는다.

인생이 막막하기만 한 청년 슈고, 호센, 신야, 요스케. 이 공장 저 공장으로 파견되며 불안한 일자리를 전전하던 네 사람은 야마가타현 쓰루오카시의 전자제품 부품공장에서 파견계약직 사원으로 일하던 어느 날 '계약 해지'를 통보받는다. 청년들에게 남은 것은 '젊음'과 지루한 시간과 불안한 마음뿐이다.

딱히 할 일도 없던 네 백수 청년은 어느 날 문득 자신들이 살던 쓰루오카시부터 도쿄까지 600킬로미터를 걸어가 보기로 한다. 얼마나 걸릴지 알 수 없는 대장정이었지만, 사실 이들이 대단한 결심이나 준비를 하고 떠난 것은 아니다. 우발적으로 시작된 여행이었다.

하지만 떠날 때만 해도 전혀 상상치도 못한 일들이 벌어진다. 이 '루저들의 행진'은 인터넷과 매스미디어를 통해 순식간에 전 사회적 이슈로 발전한다. 그 덕에 네 청년은 흡사 아이돌 같은 깜짝 스타가 되고, 이들의 여정에 동참하기 위해 청년들이 모여들기 시작한다. 이제 통제하기 힘든 괴물처럼 규모가

커진 행진은 네 청년을 뒤흔든다.

여행은 즐거울 때도 슬플 때도 떠날 수 있다는 것을 나는 남한에 와서 처음 알게 됐다. 우선 자신의 감정이 여행의 목적과 이유가 될 수 있다는 것에 크게 놀랐다.

물론 북한에서도 청춘들은 수없이 전국을 떠돈다. 하지만 만약 그 떠남의 사유가 "마음이 헛헛해서 좀 돌아다녀 보려고요" 따위라면 감옥이나 정신병원에 갇힐지도 모른다. '미친 놈' 소리를 듣기 딱 좋다. 북한 청년들의 떠남은 여행을 위해서가 아니라 먹고살기 위해서다.

때로는 북한 당국의 무리한 노력 동원 정책 때문에 고향을 떠나기도 한다. 특히 북한의 대학 캠퍼스는 오로지 배움을 위한 청춘 공간의 개념이 아니다. 북한 대학생들은 교복을 입어야 한다. 북한에서는 학급을 '소대', 학부를 '대대', 대학 전체를 '연대'라고 지칭한다. 말하자면 대학도 감시와 통제를 위해 군사 지휘 체계로 구성돼 있는 셈이다. 사정이 이렇다 보니 북한에서는 사적인 감정이나 감성적인 이유 때문에 아무 때든 자유롭게 떠돈다는 것은 꿈에서도 용납 못할 일이다. 개인자유주의로 규정돼 처벌을 받을 수도 있다.

결국 북한 당국이 가장 견제하고 두려워하는 계층은 역시 청춘들이며 대학생들이라는 생각도 든다. 실제로 많은 나라에서 민주주의와 사회변혁의 불씨를 지핀 것이 바로 대학생들이니까.

《괜찮은 내일이 올 거야》의 주인공들처럼 대학생들이 자유롭게 여행하고, 여행을 통해 사유하며, 사유를 통해 더 나은 미래를 직접 창조해낼 수 있는, 그런 '괜찮은 내일이 있는 북한'은 언제쯤 가능해질까?

나는 전화를 했던 그 친구에게 앞으로는 일에만 매달리지 말고, 여행도 좀 다니고, 생각도 많이 해보라고 말해주고 싶었다. 여유가 있는 삶. 단지 생존만을 위한 삶이 아니라, 마음의 여유를 통해 자신의 가치를 인식하고 느끼는 삶. 우리는 사람처럼 살아보기 위해 목숨까지 걸고 이곳으로 떠나온 것이 아니냐고 말해주고 싶었다.

"친구, 그 떠남으로 우리는 자유를 얻었잖아? 앞으로도 우리 그렇게 살자고…"

이 좋은 세상에도 사기꾼이 있다고?

박영화 《법에도 심장이 있다면》

처음 대한민국에 입국을 하면 사회 정착을 위한 초기 정착교육을 받게 된다. '하나원'이라는 기관에서 앞으로의 삶에 도움이 될 만한 다양한 교육을 해주는데, 가장 인상에 남았던 내용이 '사기꾼'들이 많으니 항상 조심하고 절대로 남에게 명의를 빌려주지 말라는 것이었다.

"이 좋은 세상에도 사기꾼이 있다고?"

나뿐이 아니라 북에서 온 절대 다수의 사람들에게는 청천벽력 같은 소식이었다. 북에서 몰래 남한 드라마를 보고 다양한 TV프로그램을 보면서 한국에 대한 긍정적인 환상이 컸던지라 충격이 아닐 수 없었다. 또한 처음 들어보는 '명의'라는 단어가 낯설게 느껴졌다.

"명의가 뭐야? 유명한 의사보고 명의라고 하잖아. 아니면 무슨 옷을 빌려주지 말라는 건가?"

북한과 달리 개인의 권리가 충분히 행사되는 사회구조에 일면식도 없다 보니 정착 초기에는 한동안 어안이 벙벙했던 것이 사실이다.

실제로 '개인명의' '인감' '등기부등본' 등 난생처음 들어보는 단어가 많아 혼란스러웠다. 그나마 나는 어린 시절 일본에서 살다 보니 일부 단어들은 들어본 기억이 났지만 실제로 그 단어들이 언제 어떻게 쓰이는지는 도통 알 수 없었다.

그런데 실제로 한국 사회의 일원으로 영입된 이후 탈북자들이 심각할 정도로 빈번하게 사기를 당하고 있다는 사실을 알게 되었다. 적수공권으로 열심히 벌어들인 돈을 하루아침에 날린 사람도 있고, 심지어 은행에서 대출받은 돈을 홀랑 날린 사람도 있다.

"돈뭉치가 무슨 비둘기도 아니고 왜들 그런데 정말!"

나름 개인 사업을 차려놓고 잘나가던 북한 친구가 자기는 절대 사기를 당하지 않는다고 장담을 하다가 얼마 전에 기획부동산 투자로 사기를 당하기도 했었다.

"형님, 나도 당했수다! 억 소리 나게 날렸어요!"

"자넨 비둘기가 아니라 봉황새를 날렸구먼. 잘한다."

주위에서 일상다반사처럼 피해를 당한 사람들의 이야기를

수없이 들으면서 '강력하면서도 허술한 법'에 대해 생각해보 았다. 왜냐하면 민사와 형사를 모두 걸고도 돈을 찾은 사람은 거의 보지 못했기 때문이다.

사기를 당한 사람은 울고 사기를 친 사람은 웃는 부조리한 현실을 보면서 서점에서 고른 책이 바로 박영화의 《법에도 심 장이 있다면》이었다.

저자는 30년 이상의 판사와 변호사 경력을 지닌 법조인이 다. 그는 반평생 동안 법정에서 만난 사람과 사건을 저서에 소 개함으로써 진정한 법과 정의가 무엇인지를 생각하게 한다.

특히 책에서 저자는 "주색은 다른 색과 섞이지 않는 검정색 으로, 판사로서 품어야 하는 양심 말고는 어떤 외부의 영향에 도 흔들리지 않는 법관의 독립성을 상징한다. 또 법복 앞단의 양면엔 수직으로 주름을 넣어 법관의 강직함을 표현했다고 한 다. 이는 헌법 제103조의 '법관은 헌법과 법률에 의하여 그 양 심에 따라 독립하여 심판한다'는 조항을 법복에 그대로 담아 낸 것이라 할 수 있다"라는 문구를 통해 법관의 양심에 대해 들려준다.

그 외에도 "정의롭기만 한 인간은 잔인한 인간"이라는 영국 시인 바이런의 말을 인용하면서 "정의롭게 법을 집행하면서도 따뜻한 심장을 지닌, 인간을 이해하고 보듬는 법조인이고 싶 다. 법은 애초에 인간을 위해 만들어졌기 때문"이라고 피력한 부분에서 많은 공감을 하게 되었다.

어떤 탈북 여대생이 2500만 원을 사기당했다. 역시 기획부동산을 한다는 여자 대표가 여대생에게 접근하여 이자를 많이 주겠다며 여러 차례 돈을 가져갔던 것이다.

결국 여대생은 경찰에 고소장을 내고 대질조사까지 받았지만 여자 대표는 '기억이 안 난다', '갚으려고 했는데 형편이 어려워서 못 줬다'라는 말로 일관하며 시간만 끌고 있는 상태다.

여대생은 암환자인 엄마를 돌보고 어린 남동생도 양육해야 하는 처지다. 게다가 사기당한 돈의 절반 이상은 다른 사람의 돈이라고 한다. 역으로 빚 독촉을 받다가 고소까지 당한 처지다.

"참 안됐지만 못 찾아요. 그 돈을 찾으려다가 암에 걸립니다. 포기하세요."

친한 한국 사람에게 딱한 사연을 이야기했더니 매정한 답변이 돌아왔다.

"법으로 해결하면 되잖아요. 어린 친구의 돈을 사기 치고 무사할까요?"

"법이 강한 듯해도 사실은 무르거든요. 사기 치는 놈들은 법의 허점을 알고 그러는 겁니다. 피도 눈물도 없는 인간들이에요."

여대생은 매일 운다. 돈을 빌린 채권자에게 수모를 당하면서도 공부를 하고 있다. 경찰이 여자 대표를 사기죄로 검찰에 송

치했다지만 돈을 갚겠다는 연락은 받지 못했다.

"삼촌, 어쩌면 좋아요? 엄마는 아직 모르고 계시는데."

난 울면서 하소연하는 어린 친구에게 아무런 도움도 주지 못했다.

북에서도 사기꾼들은 맹활약을 한다. 그들의 수법은 같다. 말로 상대의 혼을 빼고는 돈을 가져간다. 하지만 법은 개인 간의 문제라며 거의 무시해버린다. 결국 돈 주인이 장정 여럿과 함께 돈을 가져간 사람의 집 안에 들어앉아 돈을 줄 때까지 밤낮으로 뻗치거나 집 안의 물건들을 모두 가져다 팔아먹기도 한다. 그래도 법적으로 문제되지 않는다. 다만 그 과정에서 폭행이 일어나거나 사람을 죽이면 형법이 적용된다.

하지만 남한에서는 지금 언급한 모든 행동이 법에 저촉된다고 한다. 결국 사기꾼은 마음 놓고 사기를 칠 수밖에 없지 않을까라는 생각이 든다.

물론 민사소송에서 이기면 압류를 할 수 있다는 이야기도 들었다. 여대생도 민사를 걸었다. 아빠 없이 자라난 그녀를 위해 내가 법원까지 따라가 주었다.

"세상에, 부산 해운대만큼 사람이 많네요."

여대생이 깜짝 놀란다. 나도 그렇게 넓은 주차장에 자리가 없어서 법원에서 한참 떨어진 공용 주차장에 차를 세울 때부터 놀랐다.

지정된 재판정에 들어가 보니 30명 가까이 되는 사람들이 앉아 있었다. 나는 그들이 방청객들인 줄로만 알았다. 높은 연단에 여자 판사가 자리하고 있고 원고석과 피고석에 사람이 앉아 있었다. 그런데 놀라운 것은 재판정에 앉아 있던 사람들이 모두 방청객이 아니라 재판을 받으려는 사람들이라는 사실이었다. 그리고 더욱 놀라운 사실은 그들이 100퍼센트 돈을 빌려주고 돌려받지 못하고 있는 피해자들이라는 것이었다.

가해자(피고)는 거의 나타나지 않고 원고의 증언만으로 판결이 내려지고 있었다. 여대생의 경우도 마찬가지였다. 돈을 가져간 여자는 나타나지도 않았다. 사기죄로 판결이 났지만 그다음은 속수무책이다. 변호사를 구하려고 해도 돈이 든다. 민사를 낼 때, 법무사에게 돈을 주고 소장을 썼다. "돈 찾으려다 암 걸린다"던 한국 지인의 말이 생생하게 떠올랐다.

"우리만 아무것도 몰라서 사기를 당한 줄 알았는데 한국분들도 많이 당했네요."

어린 여대생이 침울한 어조로 속삭였다.

법이란 결국 유죄와 무죄를 가르고 선과 악을 명백히 판가름해주는 공권력이다. 판결이 나도 실질적인 보상이 이루어지기는 쉽지 않다. 그것이 민사소송의 단점이라고 한다. 모두 감춰놓고 '아무것도 없다'고 주장하는 가해자를 다시 한 번 법으로 다스리기가 만만치 않다고 한다.

'법에도 심장이 있어야 한다'는 저자의 주장은 법의 공정성에는 인간성도 포함되어 있어야 한다는 뜻인 듯하다. 그 말대로 절대 약자인 서민들의 입장을 좀 더 헤아려준다면 피해자들이 흘리는 눈물도 줄어들 것이라는 생각이 들었다.

법은 공정해야 한다. 그리고 약자에게는 아량을, 강자나 악인에게는 호된 철퇴를 내려야 한다. 법의 심장을 악용하려 드는 사기꾼들을 없애기 위한 새로운 법이 있었으면 좋겠다.

국경을 넘을 때 나는 아직도 몸이 굳는다

욤비 토나, 박진숙 《내 이름은 욤비》

요즘 들어 스마트한 삶의 농도가 점점 더해간다. 인공지능이 발달하면서 말만 하면 기계가 웬만한 일들을 대신해준다.

어느 날 저녁, 늦게 귀가했더니 아내가 화난 얼굴로 나에게 푸념을 늘어놓았다.

"아직도 북한 사투리가 많이 남아 있나 봐요."

"어려서부터 입에 굳어졌는데 그렇게 쉽게 없어지지 않겠지."

식탁에 앉은 아내는 원망스럽게 TV쪽을 노려보았다.

알고 보니 요즘 모든 가정에 도입된 인공지능 스피커가 자기의 명령을 도무지 알아듣지 못한다는 것이었다.

"내가 아무리 TV를 켜라고 해도 말을 안 들어요."

울상이 된 아내를 달래주려는 순간, 소파에 앉아 있던 어린 딸이 갑자기 "지니야, TV 켜!"라고 명령을 내린다. 신기하게 곧장 TV가 켜졌다.

"우리 중에 한국에서 태어난 사람은 저애뿐이니까."

한숨을 내쉬는 아내는 한국 정착 7년 차다. 그사이 태어난 공주님은 엄마의 고충에 아랑곳하지 않고 화면 속의 애니메이션을 즐겁게 보고 있다.

무언으로 아내를 달래며 꺼내든 책이 《내 이름은 욤비》다.

가끔 만나 탈북민 문제에 관해 많은 이야기를 나누던 교수님이 추천해주시고 구해주신 책이었다. '어디서 왔느냐가 아니라 어떻게 사느냐가 중요하다'는 생각을 하게 하는 책이라고 한다.

《내 이름은 욤비》는 한국에서 살아가는 난민의 이야기다. 욤비 씨는 콩고비밀정보국ANR의 정보요원으로 남부러울 것 없는 삶을 살다가 정부의 비리를 묵과하지 못하는 정직한 성격 탓에 비밀 감옥에 투옥된다. 그가 목숨을 건 탈출 끝에 도착한 곳은 한국 땅이었다. 그러나 한국에서의 삶은 결코 순탄치 않았다. 그가 난민의 지위를 인정받은 후에 가족을 무사히 탈출시키고 이 땅에 정착하기까지의 인생 행로가 고스란히 이 책에 담겨 있다.

AI(인공지능) 때문에 화난 아내에게 '인공지능 스피커가 우리 말을 알아듣든 말든 우리도 대한민국 국민이잖아. 주민증도 있고 여권도 있는데'라는 말을 해주고 싶었지만 선뜻 입이 떨어지지 않았다.

북한을 떠나 대한민국에 온 사람들은 '북한이탈주민'이라는 공식 용어로 불리고 있다. 그 외에 정식화되지 않았지만 '새터민', '탈북민', '북향민'이라고 불리기도 한다. 여러 가지 호칭 중에는 '탈북자'라는 표현도 있다.

언제 누가 이러한 호칭들을 붙였는지는 모르겠지만 욤비 씨는 '난민'이라는 단 하나의 호칭을 가지고 대한민국에서 살아본 사람이다. 일반적으로 난민은 "인종, 종교 또는 정치적, 사상적 차이로 인한 박해를 피해 외국이나 다른 지방으로 탈출한 사람들"을 말한다. 또한 일반적으로 난민은 "생활이 곤궁한 국민, 전쟁이나 천재지변으로 곤궁에 빠진 이재민"을 말한다. 그러나 최근에는 주로 인종적, 사상적 요인과 관련된 정치적 이유에 의한 집단적 망명자를 난민이라 일컫고 있다.

현재 대한민국에 살고 있는 북한이탈주민(최근에는 자유민이라는 호칭도 생겼다) 중에는 탈북 과정에서 중국 땅을 경유하지 않은 사람이 거의 없다. 한국으로 오는 첫 번째 관문인 중국에서는 탈북한 사람들을 난민으로 인정하지 않는다. 북중 간의 수교 탓에 여권 없이 비법월경을 한 주민들은 범죄자로 간주

되어 강제북송당하는 것이 현실이다.

결국 중국 공안의 눈을 피해 동남아의 태국까지 위험한 노정을 걸어서 난민수용소를 찾아가야 겨우 대한민국의 보호를 받게 된다.

어떤 탈북민들은 태국에서 한국 교회가 운영하는 암가에 수용되어 '난민증'을 받고는 가슴을 펴고 당당하게 방콕 시내를 걸어 다녔다고 한다. 놀랍게도 난민증을 소지한 다음에는 어느 정도의 지원금까지 받았다고 한다. 유엔기구가 보호 차원에서 난민에게 주는 혜택이었다.

그러다 난민수용소에서 한국대사관 직원의 호출을 받고 조사에 임했을 때 처음으로 알게 된 사실이 하나 있었다. 대한민국 헌법에는 북한 사람들도 한국 국민으로 명시되어 있다는 것이었다.

실제로 순번을 기다렸다가 한국으로 떠나는 날, 나는 대사관에서 발급한 임시여권을 가지고 국적기인 대한항공기에 당당히 올랐다. 난생처음 타보는 비행기가 마냥 신기하기만 했다.

얼마 전에는 방송을 위해 처음으로 유럽 땅을 밟게 되었다. 이탈리아의 국적기로 무려 열 시간 이상을 비행했다. '즐거운 고생' 끝에 로마에 도착해서 다시 이탈리아 국내선으로 밀라노의 말펜사 공항까지 두 시간을 날아갔다. 정말 지겹도록 비행기를 탔는데도 여정은 끝나지 않았다. 밀라노에서 버스를 타고 스위스로 가야 했던 것이다. 스위스 루가노가 목적지였다.

버스를 타고 한참이나 유럽의 그림 같은 풍경 속을 달리는데 PD님이 국경을 넘어야 한다면서 여권을 꺼내라고 했다.

순간 톨게이트 비슷한 검문 게이트가 지척에 나타났고 군인들도 보였다. 버스가 정차하자 군인 두 명이 버스에 올라 예리한 눈으로 승객들을 살펴보기 시작했다. 갑자기 등골이 오싹해졌다. 11년 전의 탈북 과정에서 똑같은 상황을 중국에서 겪었기 때문이다.

많은 탈북민들이 실제로 겪어본 그때의 그 상황이 트라우마로 남아 있었음을 새삼 통감했다. '잡히면 북송, 그리고 죽음으로 이어질 수도 있었던 상황에서 느꼈던 극한의 공포심'이 떠올랐다.

"김 선생, 여권 꺼내세요!"

어느새 내 옆에 서 있던 경찰이 영어로 뭐라고 하고 나서야 나는 가방에서 여권을 꺼내 들었다. '대한민국'이라는 글자가 당당하게 한글로 박힌, 작은 여권의 무게감이 새삼 느껴지는 순간이었다.

"Thank you. Welcome to Swiss."

군인이 웃으면서 여권을 돌려주었다. 나에게는 정말 뿌듯한 순간이었다. 저도 모르게 눈시울이 따가워져서 안경을 벗고 두 눈을 비비는데 PD님이 한마디 한다.

"갑자기 왜 그러세요?"

"갱년기인가 봐요."

다들 웃음을 터뜨린다. 하지만 나는 끝내 내가 흘린 눈물의 의미에 대해 설명하지 않았다.

11년 전에 처음 인천공항에 도착했을 때 국정원에서 마중 나오신 분이 처음 했던 말이 "대한민국에 오신 것을 환영합니다!"였다.

사람은 결코 상품이 아니다. 나라가 있으면 국민이고 해외에 나가면 외국인이고 자유가 있으면 다 같은 '사람'이라는 생각이 들었다. 여권이 없었던 지난날과 여권이 있는 오늘을 비교하면서 생각해본 말이다. 문득 욤비 씨에게 따뜻한 인사를 보내고 싶다는 생각이 들었다. 그를 따뜻하게 포옹해주고 싶다. 과거는 서로 달라도 지금은 같은 사람이니까.

거실에서 아내가 열심히 인공지능 '지니'와 싸우는 목소리가 들려온다.

"지니야, TV 켜줘. 내 말 아이 듣기니? 텔레비를 켜란 말이다!"

교회와 부동산의 나라에서

김형석 《왜 우리에게 기독교가 필요한가》

"서울에서 살아보니 어떠세요?"

한국 정착 초기에 제일 먼저 친해진 동사무소 직원분의 물음에 순간적으로 튀어나온 답변이 지금 생각해보면 가관이었다.

"좋습니다. 꿈만 같아요. 그런데 왜 이렇게 교회하고 부동산 사무소가 많아요?"

당연히 신앙의 자유가 보장되어 있고 소유의 자유도 있기 때문이라는 설명을 듣게 되었다.

"그런데 왜 지붕에 있는 십자가는 똑같은데 교회 이름은 천태만상인가요?"

서로 다른 교파가 있고 교회마다 교리가 다르다는 것을 미처 몰랐던 것이다.

이런 나의 과거 모습을 떠올리게 한 책이 바로《왜 우리에게 기독교가 필요한가》다. 대한민국 1세대 철학자인 저자는 철학 연구에 대한 깊은 열정으로 많은 제자를 길러내는 가운데 연구와 집필에도 심혈을 기울인 훌륭한 분이시다.

1920년 평안남도 대동에서 태어난 저자는 일본 조치대학교 철학과를 졸업하고, 연세대학교 철학과 교수, 시카고대학교와 하버드대학교의 연구 교수를 역임했다.

저자는 이 책에서 "사회가 교회를 위해 있지 않고, 교회가 사회를 위해 존재한다"라고 말한다. 이것이 예수님의 가르침의 핵심이다. 하지만 한국은 100년간 기독교가 성장하면서 교회를 너무 열심히 섬기다 보니 '기독교가 곧 교회, 교회가 곧 기독교'라는 잘못된 생각을 하는 경향이 있다. 하지만 예수님은 사복음서에서 한 번도 "좋은 교회, 큰 교회, 훌륭한 교회를 만들라"고 하지 않으셨다. 예수님의 관심은 늘 하느님의 나라와 이웃에게 있었다. 예수님은 교회 밖의 세상에서 하느님 나라를 건설할 것을 요구하신다. "이것이 기독교가 필요한 이유"라면서 말이다.

그렇다면 당신에게 "왜 우리에게 기독교가 필요한가"라고 묻는다면 무엇이라 대답하겠는가? 이 책은 그리스도인이라면 어떻게 살아야 하는지, 기독교가 사회에 어떤 답을 주어야 하는지에 대한 깊은 신학적, 철학적 사유를 누구라도 알아듣기 쉬운 말로 풀어주고 있다. 저자는 기독교가 다시 인류의 희망이 되기를 바라며 이렇게 당부한다.

"교회는 교리와 종교적 진리에만 머무를 게 아니라 사회가 원하는 진리를 제시할 수 있어야 한다."

참 마음에 와닿는 말이었다.

북한에서 30여 년을 살아온 나는 한국 사회에서 종교를 접하면서 북한이 현재까지도 지키고 있는 사회체계와의 유사성에 놀랐었다. 바로 1인 우상화 교육을 모체로, 주체철학에 입각해서 만들어진 사회 이론들 말이다.

북한에도 평양에 교회가 있다. '봉수교회'다. 당연히 북한 주민들이 자유롭게 드나들 수 있는 곳은 아니다. 대신 북한 주민들이 억지로라도 가야 하는 건물이 전국 도처에 세워져 있다. 바로 '김일성혁명사상연구실'이다. 북한 주민들은 간단히 '연구실'이라고 부른다. 학생부터 고령의 어르신들까지 무조건 일주일에 한 번은 이곳을 찾아가서 학습을 해야 한다. 언제인가 지인이 '연구실'을 '예배당'이라고 했다가 보안기관에 구속되어 몇 달간 졸경을 치르기도 했다.

'성부, 성자, 성령의 성 삼위일체'에 대해 듣는 순간 바로 떠오른 북한의 구호가 있었다. '수령, 당, 대중의 혼연일체'다. 또한 십계명에 대해 듣고는 곧바로 북한 주민들이 삶의 기준으로 삼아야 하는 '당의 유일사상체계확립의 10대 원칙'이 떠올랐다.

북에서도 어렴풋이 알고 있었지만 김일성 일가가 독실한 기독교 집안이었다고 한다. 한국의 수많은 교회 이름 중에 '반석교회'를 보고 깜짝 놀랐었다. 바로 김일성의 생모가 강반석이었기 때문이다. 김일성의 아버지인 김형직도 평양숭실학교 출신이라고 한다.

한국에 입국한 뒤, 정착 교육기관인 하나원에서 생활할 때의 일이다.

일요일이면 어김없이 '종교체험'을 위해 기독교 · 천주교 · 불교계 사람들이 찾아온다. 그야말로 영화나 책에서만 보고 읽었던 종교인들을 처음으로 접하게 되는 것이다. 신기하고 궁금해서 북에서 내려온 불쌍한 양들이 여기저기 갸웃거린다.

언제인가 북한에서 〈성황당〉이라는 혁명 연극을 창작하여 보여준 적이 있었다. 간단한 내용은 일제강점기, 가난에 시달리던 어느 어머니가 성황당에 재물을 올려놓고 밤낮으로 비는 모습을 못마땅해하던 아들 돌쇠가 무속, 불교, 천주교, 기독교 등 모든 종교를 골탕 먹이는 과정을 풍자식으로 엮은 이야기다.

그런데 그 연극에 등장했던 스님, 수녀님, 목사님이 실제로 나타났던 것이다.

"총무님(당시 나는 하나원 총무였다)은 어디로 가시려고요?"

"글쎄, 잘 모르겠더라. 넌 어디부터 가볼 건데?"

"불교는 향냄새가 싫고요. 자꾸 앉았다 일어났다 절을 시키더라고요. 그리고 수녀님인지 하는 여자분은 좀 무서워요. 입은 옷도 그렇고 십자가에 매달린 할아버지 그림도 그렇고."

20대 북한 청년의 꾸밈없는 직언 직설이었다. 결국 평범한 옷을 입은, 평범한 한국 사람들이 반갑게 맞아주는 기독교가 제일 마음 편하다는 결론이었다.

"총무님도 한번 가보시죠. 탈북하면서 고생할 때마다 기도도 해봤다면서요."

"그때는 생사가 오가는 상황이었으니까, 구원해달라고 했던 거고. 지금은 행복하잖아."

"감사함을 알아야 한대요. 나눌 줄도 알고 사랑할 줄도 알고. 기독교 누나가 말해주던데."

누나라는 말에 정신이 번쩍 들었다. 기독교 쪽에 청년들도 오고 '남조선 여성 동무'도 온다는 것이었다.

"가자. 그 말을 왜 이제야 하냐? 빨리 가자."

"아니요. 난 천주교에 좀 갔다 갈게요. 거기서 마른 오징어를 준단 말이에요."

불교도 천주교도 거의 찾는 사람이 없다 보니, 언제부터인가 수녀님들이 마른 오징어를 나눠주기 시작한 것이다. 결국 일시에 늘어났던 천주교 신자들이 오징어만 받고 기독교로 '귀순'

하는 사태가 벌어졌다.

그렇게 시작된 기독교와의 만남이었다. 그때 내가 만난 기독교인들은 평범한 옷차림의 소박한 사람들이었다. 때로는 청춘 남녀들이 기타를 가져와서 노래(찬송가)를 가르쳐주고, 때로는 형님 누님뻘, 부모님뻘 되는 분들이 와서 따뜻하게 두 손을 잡고 나의 파란만장했던 이야기를 들어주시고 함께 울어주기도 했다. 그때 나는 사람과 사람 사이에 오가는 사랑과 정을 절감하게 되었다. 이런 따뜻한 분들이 모인 곳이 바로 내가 접한 첫 교회였다.

어느덧 일요일이 기다려졌다. 그리고 주일마다 누구보다 먼저 달려가 제일 앞자리에 앉아서 찬송가를 부르고 눈물을 흘리며 평범한 남한분들을 만나는 시간이 그립기도 했다.

"당신은 사랑받기 위해 태어난 사람"으로 시작하는 노래를 들으면서 울기도 했다. 기독교는 나에게 위안이었고 사랑이었고 행복이었다.

삶의 가치, 죽음의 가치
아툴 가완디 《어떻게 죽을 것인가》

얼마 전에 지인이 갑자기 사망했다는 비보를 받았다. 고인과의 인연은 대한민국에 입국한 후 북향민(탈북민)들이 초기 정착교육을 받는 통일부 산하 교육기관인 하나원에서 맺어졌었다. 나와 동년배인 고인은 온순한 성격에 인정이 찰찰 넘치는 호인이었다.

"아무래도 캐나다로 떠날까 해."

하나원을 나와 한국 사회에 정착한 지 2년째 되던 어느 날 고인이 내게 했던 말이었다. 당시 북유럽이나 북미에 가면 한국보다 더 잘살 수 있다는 소문을 믿고 이 땅을 떠나간 이들이 적지 않았다. 말하자면 '탈남'인 셈이었다.

생명의 위험을 무릅쓰고 잘살자고 떠나온 길인데 일부 먼저 온 탈북민들의 이야기를 듣고 '인생역전'의 허황된 꿈에 빠진 것이었다. 나는 당연히 고인의 캐나다행을 막고 나섰다.

"언어가 통하고 풍습이 같은 한국에서도 정착하기 쉽지 않은데 그렇게 먼 곳에 간들 꽃길만 걷는다는 담보도 없잖아."

하지만 고인은 종내 한국을 떠났다. 그리고 8년 이상 종무소식이어서 잘살고 있는 줄로만 알았는데 언제 한국에 되돌아왔는지, 왜 나한테 연락을 하지 않았는지 도무지 알 수가 없었다.

SNS를 통해 비보를 전해 듣고 짤막한 문구로 고인의 명복을 비는 것이 내가 할 수 있는 전부였다.

"자유 찾아 목숨 걸고 탈북을 하여 따뜻한 남쪽 땅에서 아무도 모르게 쓸쓸히 하늘나라로 간 고인의 명복을 빕니다…."

생로병사라는 말도 있지만 죽음에 대한 생각을 다시 한 번 하게 된 계기였다.

쓸쓸한 마음을 다잡으며 횡단보도에서 평소보다 유심히 좌우를 살펴보았다. 죽음이란 그렇게 예고 없이, 소리 없이 찾아온다고 생각하니 갑자기 무섭기도 하고 불안하기도 했다. 착잡한 심중을 안고 서점에 갔다가 고른 책이 바로 미국의 외과의이자 하버드 보건대학의 교수인 아툴 가완디의 《어떻게 죽을 것인가》였다.

이 책은 인구구조의 직사각형화, 다시 말해 세계적으로 급진

되어가는 '고령화' 문제에 어떻게 대처해야 하는가를, 실제 환자들의 이야기들을 통해 풀어가며 죽음에 대한 생각을 재조명한 저서다.

미국에서는 현재 5세 인구와 50세 인구의 숫자가 비슷하며, 30년 후에는 5세 인구와 80세 인구의 숫자가 비슷할 것이라고 한다. 한국의 경우에도 65세 이상 인구가 2030년에는 24.3퍼센트, 2060년에는 40.1퍼센트까지 증가할 것으로 예상된다. 의학과 공중보건의 발전으로 평균 수명이 대폭 늘어났다고는 하지만 생명이 있는 것들은 모두 언젠가 죽는다.

인간의 어떤 시도에도 불구하고 종국에는 죽음이 모든 것을 이긴다. 《어떻게 죽을 것인가》의 저자 아툴 가완디의 문제의식은 바로 그 지점에서 시작된다. 우리가 언젠가는 반드시 죽을 수밖에 없는 존재라면, 죽음 앞에서 취할 수 있는 선택지에는 무엇이 있을까? 한마디로 생명 연장에 집착하기보다는 자신에게 무엇이 중요한가를 판단하는 사고의식의 변화에 대해서 말하고 있다.

"긴 병에 효자 없다"는 옛말도 있지만 죽음이 다가올수록 인간은 삶에 대한 욕심이 강해지는 듯하다. 그러나 그 삶이 의학의 힘으로도 해결되지 않는 무의미한 삶에 지나지 않는다면 결국 어떻게 죽을 것인가라는 문제는 어떻게 살아갈 것인가라는 질문과 일맥상통하지 않을까라는 생각이 들었다. 하지만 죽음에 대한 생각은 그러한 환경이나 처지에 놓여보지 않고는 쉽게 판단할 수 없는 난제로 여겨지기도 한다.

TV를 통해 난치성 질환, 희귀병, 사고 등으로 식물인간이 된 분들을 자주 보게 된다. 그 가족들이 눈물을 흘리면서 "살아만 있어도 된다!"라는 진심을 호소하는 모습에 눈시울이 뜨거워진 적이 많았다. 따뜻한 남쪽 나라에 온 지 10년이 지났지만 '어떻게 살 것인가'라는 생각을 여전히 많이 한다. 하지만 '어떻게 죽을 것인가'에 대해서는 단 한 번도 생각해본 적이 없었던 것 같다.

사실 나도 탈북 과정에서 죽을 고비를 여러 차례 겪었다. 처음 탈북을 시도했다가 중국에서 체포되어 강제 북송되었을 때는 국가안전보위부(남한의 국정원과 비슷한 기관)의 수감 시설에서 영양실조에 걸려 체중이 40킬로그램 대까지 줄었었다. 두 번째로 탈북했을 때는 엄동설한에 얼어붙은 두만강을 건너다가 얼음이 깨지는 바람에 익사와 동사의 갈림길에 섰었다.

통계를 살펴보니 2017년 한국의 연간 사망자수가 28만 5534명, 즉 월 2만 7300명이었다. 과연 그중 몇 퍼센트가 '어떻게 죽을 것인가'를 고민했을지는 미지수다. 에덴동산으로 생각했던 남한에서 가끔 일어나는 불상사를 보면서 가슴 아팠던 점은 너무나도 어린 학생들이 하늘나라로 떠나가는 사건들이었다.

배가 침몰하고, 건물이 무너지고, 어린 여학생들을 가해하고 목숨까지 빼앗는 천인공노할 사건들은 정말 가슴이 아팠다. 세상에 태어나 얼마 살지 못한 채 한을 품고 떠나간 어린 영혼들을 생각하면 슬픔과 분노가 교차한다.

특히 강남역 근처의 공중화장실에서 벌어진 '묻지 마' 사건을 비롯해서 여성을 타깃으로 하는 각종 범죄를 보면 딸 가진 아빠의 입장에서 근심이 많아진다.

그래서인지 할리우드의 명배우 리암 니슨의 광팬이 되기도 했고 납치당한 딸을 구하는 영화인 〈테이큰〉을 반복해서 보기도 했다. 가능하다면 딸바보 아빠들의 모임을 만들어 야간순찰대를 구성해볼까도 생각했다.

어느 해인가 운전 중에 우회전을 하다가 직진해오던 마을버스와 충돌 사고를 낸 적이 있었다. 다행히 타박상 정도로 크게 다치지 않았지만 처음 겪어보는 사고에 정신적 충격이 컸다. 그런데 사고보다 충격적이었던 것은 보험사 직원의 말이었다.

"조금만 더 속도를 냈더라면 어김없이 하늘나라로 갈 뻔하셨네요."

정말 다행이라는 위로의 말이겠지만 그리 기분이 좋지는 않았다.

"버스하고 택시는 조심하셔야 합니다. 좋은 곳에 고생스럽게 오셨는데 오래오래 행복하셔야죠."

"좋은 곳이긴 하지만 위험하기도 하네요."

사실 그때만 해도 도로 옆에 드문드문 세워놓은 전광판에서

‘오늘의 교통사고 상황’에 표기된 사망자수, 중상자수, 경상자수를 보면서도 선뜻 믿기지가 않았다. 이렇게 좋은 세상에서 매일 사람이 죽고 있다는 것이 믿어지지 않았던 것이다.

　한국에 와서 2년에 한 번씩 건강검진을 받을 때마다 삶의 가치를 음미해본다. 그리고 없는 살림에 적금이 조금씩 쌓일 때마다 ‘노후 대책’을 고민해보기도 한다. 아파트 대출금이 조금씩 줄어들 때마다 “걱정 마! 내가 죽기 전까지는 다 갚고 당신과 사랑하는 딸에게 남기고 갈게”라고 아내에게 호언장담을 하는 나를 발견하곤 한다.

　역시 어떻게 죽을 것인가를 생각하기 전에 어떻게 살아갈 것인가를 먼저 생각하는 것이 현시대인들에게 필요한 자세가 아닐까 감히 조언을 드리고 싶다.

　며칠 전에 아내가 책상을 마주 하고 뭔가 열심히 읽고 있는 것을 보고 슬며시 다가가보았다. 너무 궁금해서 어깨너머로 넘겨다보았더니 보험약관이었다.

　“생명보험 계약했어요!”

　아내의 한마디가 아직도 귓전에서 메아리친다. 나도 역시 어떻게 죽을 것인가를 다시 생각해봐야 할 것 같다.

4부

나의 자립 수업

'믿음'은 아주 단순하고 명료한 단어다.

이 단어에 대한 이해가 어려워지는 것은 근본적으로 옳지 않다.

이제 곧 남한에서 태어날 내 아이의 눈을 바라보면서

소중한 종교의 자유를 말해주며, 그렇게 살아가고 싶다.

배고픈 사람의 배부른 흥정

댄 주래프스키 《음식의 언어》

남한에 와서 참 신기했던 것 중 하나가 음식 문화다. 프랑스 말로 구르메gourmet, 즉 미식가·식도락가들이 실제로 많다는 점부터 참 놀라웠다. 가끔 사람들과 밥을 먹다 보면 자주 듣게 되는 질문이 "북에도 삼계탕 있어요?"나 "북한 닭이랑 남한 닭이랑 어느 쪽이 더 맛이 좋아요?" 같은 것이었다.

처음 보는 신기한 음식들에 흥미를 느끼긴 하지만, 어려서부터 먹어온 익숙한 음식들이 종종 사무치게 그립다. 옥수수를 쌀알 크기로 잘게 부순 것을 '강냉이쌀'이라고 하는데, 북한에서는 이것을 주식처럼 먹는다. 그런데 한국에 와보니 순수한 흰쌀밥보다 잡곡이 섞인 밥을 많이 선호하는 것을 보고 기분이 이상해졌던 기억이 난다. 나는 본래 일본에서 태어나서인지 한국에 와서 초기 정착교육을 마치고 사회에 나왔던 첫날 제일 먼저 달려간 곳이 '맥드날드'였다. 일본에서 중학교 시절을 보내다가 북한으로 옮겨간 탓에 그 시절 가장 즐겨 먹던 햄버거가 나의 소울푸드였던 것이다. 이렇게 음식은 단순히 배부르기 위해 먹는 것만이 아니라 의미를 되새기며 먹는 것이기도 하다.

《음식의 언어》를 쓴 댄 주래프스키는 스탠퍼드대학의 언어학 교수이자 계량언어학 분야의 세계적 석학이다. 행동과학을 연구하는 학자이자 컴퓨터공학자이기도 하다. 그야말로 전형적인 '천재형 학자'다. 재미있게도 이런 천재가 스탠퍼드대학에서 가르치는 교양 강좌의 강의명이 '음식의 언어'다. 그 강의의 내용을 책으로 옮긴 것이 바로 《음식의 언어》다. 음식을 고품격의 인문학으로 해설하는 이 책은 읽는 맛 자체가 산해진미라고 표현하고 싶을 만큼 재미있다.

토마토를 굳이 붙이지 않아도 케첩을 토마토로 만든다는 사실은 거의 모두가 알고 있을 것이다. 그럼에도 케첩이라는 말 앞에 토마토를 덧붙이는 경우가 종종 있다. 댄 주래프스키 교수는 이 사소한 부분을 그냥 지나치지 않고 언어학적으로 치밀하게 탐구했다. 그 결과 케첩은 미국이 아닌 중국 음식이었다는 것, 원래 주재료는 토마토가 아닌 생선이었다는 사실을 알아냈다.

이런 식으로 저자는 음식의 이름을 탐구하고 연구하면서 우리가 접하는 전 세계 음식들에 담긴 언어를 밝히고 있는 점이 흥미로웠다.

사실 한국 생활 초기에는 고기만 한 산해진미가 없었다. 그때는 가장 즐겨 먹던 것이 첫째도 둘째도 고기였다. 특히 북에서는 정말 먹기 힘든 소고기를 먹을 수 있었던 것이 정말 좋았다. 북에서는 소를 식용이 아니라 설비 취급을 한다. 그래서 협동농장이나 작은 공장 기업소에 있는 황소는 모두 '부림소'라는 이름으로 국가의 재산으로 등재되어 있다. 결국 소고기를 먹으려면 소가 병들거나 늙어서 죽기를 기다려야 한다. 그것도 일반 주민들이 아닌 간부들이나 가축관리기관의 공직자들만 폭식을 하게 되지만. 심지어 소를 몰래 도축했다가 사형을 당한 사례도 있었다.

이 책을 읽으면서 음식에도 언어가 있다는 것을 여실히 느낄 수 있게 한 에피소드가 생각났다.

처음 고깃집에 갔을 때의 일이다. 메뉴판을 보고 놀랐다. 분명 돼지고기 아니면 소고기를 먹으러 갔는데, 그런 건 하나도 없고 '갈매기살', '부챗살', '등심', '삼겹살' 등 이상한 이름만 나열되어 있었던 것이다. 식당 직원이 뭘 주문할 거냐고 독촉했지만 아무런 답변을 못했었다. 음식의 언어를 모르니 통할 리가 없었던 것이다. 다만 메뉴판에서 유일하게 알 수 있었던 단어가 '갈비'였다.

그 외에도 한국에서 음식 문화를 접하면서 (사실 음식에 문화를 붙이는 것 자체도 이해 불가였다) 상당히 많은 체험을 했다. 가장 충격이었던 것은 '소머리국밥'이었다. 북에서는 짐승에게 '머리'라는 표현을 쓰지 않는다. 그냥 '대가리'를 붙일 뿐이지. 역시 언어의 차이를 실감했다.

어쨌거나 다양한 음식을 마음대로 먹는 과정에서 음식의 언어뿐만 아니라 음식의 즐거움도 느끼게 되었다. 단순히 먹는 것에 그치는 것이 아니라 어떤 환경에서 언제 먹는가라는 의미도 알게 되었다.

북한에 있을 때는 "음식은 질보다 양"이라는 표현을 보편적으로 접했었다.

설날이나 김일성 부자의 생일이나 돼야 겨우 돼지고기라도 먹을 수 있는 북한 주민들을 생각하면 식사 때마다 늘 가슴이 아프다. 이렇게 서로 엇갈린 현실을 충분히 맛본 나에게 《음식의 언어》는 또 다른 각도에서 '음식의 언어'를 이해하게 만든다.

이곳에 오기 전에 거의 평생 동안 '음식이란 단지 배를 채우기 위한 것'으로 알고 살았다. 그러다 50줄에 들어서야 처음으로 '맛!'이라는 것에 대해 생각해보게 되었다. 문득 '맛'이라는 글자에는 왜 '있다'와 '없다'만 붙었는지 모르겠다는 생각이 든다. 언젠가 통일이 되면, '맛많다' '맛크다' '맛높다' 같은 합성어가 새로 생겨야 될지도 모르겠다. 북한 주민들이 남한의 기기묘묘한 음식들을 처음으로 맛본다면 분명 이런 단어들을 쓰고 싶을 테니까.

한국에서 10년을 살다 보니 요즘 들어 이런 생각을 하게 된다. 누군가 내게 제일 맛있었던 음식이 뭐냐는 질문을 한다면 '분식집 음식'이라고 대답해야겠다는 것이다. 물론 분위기 좋고 고급진 레스토랑의 코스 요리도 좋지만 분위기로 배를 채우는 것보다는 값이 싸고 포만감을 충분히 주는 '엄마의 손맛' 같은 분식이야말로 내게는 제일 맛있는 음식이었다고 말이다. 어찌 보면 음식의 언어뿐만이 아니라 정성스러운 마음까지 깨닫게 된 것 같다.

"아빠! 소고기 먹고 싶어."

요즘 유치원에 다니면서 부쩍 커가는 딸이 옷자락에 매달린다.

혼자서는 분식집에 자주 가지만 가족과는 여전히 '고깃집'을 자주 간다.

덕분에 나도 한 가지 음식의 언어를 찾아냈다. 한우는 '해피 푸드happy food'라고 말이다.

혼자가 아니야

최석태, 최혜경 《이중섭의 사랑, 가족》

새해를 맞을 때 가족이 제일 그리워진다. 특히 가족과 멀리 떨어져 있다 보면 그리움이 사무치기 마련이다. 하지만 생각해보면, 이별의 아픔 하나 없는 인생은 세상에 없지 않을까?

연초부터 이런저런 생각에 먹먹해진 가슴을 안고 서점으로 향했다. 우울하거나 외로울 때 가장 큰 위로를 받을 수 있는 나만의 공간이 바로 서점이기 때문이다. 그냥 별생각 없이 이 책 저 책 뒤적이다 우연히 책 한 권에 눈길이 박혔다. 바로 《이중섭의 사랑, 가족》이다. 한마디로 정말 눈물 없이는 볼 수 없는 그런 책이었다.

《이중섭의 사랑, 가족》은 한국 근대미술의 대표적인 거장 이중섭의 평전이자 서간집이다. 1916년에 태어나 1956년까지 살았던 이중섭은 피식민지 백성이자 피란민으로, 식민지 지배국인 일본인 여성과 결혼해 가족을 꾸린 가장으로, 그림을 그리는 사내로 살다 갔다.

이 책은 대략 마흔 남짓의, 길지 않은 인생에서 이중섭이라는 사내의 가족과 사랑에 얽힌 이야기를 들려준다. 연애 시절인 1940년 말부터 1943년까지 글 없이 그림으로만 전한 100여 장의 엽서 가운데 일부, 1953년부터 1955년까지 가난 때문에 일본으로 보내야 했던 아내와 아이들에게 보낸 편지나 그림들이 실려 있다. 글에 담긴 그의 절절한 진심은 우리에게 가족의 사랑과 행복을 다시금 일깨워준다.

며칠 전에 내 딸이 태어났다. 내가 북한을 탈출해 홀로 첫발을 디뎠던 여기 남한 땅에서 말이다. 내 나이 이제 쉰이 넘었으니 꽤나 늦둥이다. '이 아이가 어른으로 자라는 것을 볼 수나 있을까' 하는 막막한 생각이 들기도 하지만, 우선은 싱글벙글 좋기만 하다.

무슨 이름을 지을까 고민하던 끝에 효자 효孝 자와 빛날 빈斌 자를 골랐다. 빛나게 살되, 부모에게 효도를 하는 딸로 자라나길 바라는 마음에서다. 아무래도 늦둥이다 보니, 커가면서 이 늙은 아빠를 괄시하지 않을까 하는 자격지심 비슷한 것이 들어 지은 이름이기도 하다.

사실 거론하고 싶지 않은 나의 과거사이지만, 생모의 얼굴조차 기억하지 못하고 조부모님 슬하에서 자라난 나에게 가족이란 정말 상상도 못할 만큼 소중한 존재다.

가족. 늘 믿을 수 있고, 최선을 다해 서로를 아껴주며, 그래서 서로에게 가장 강한 의지가 되는 존재다. 그렇다. 나는 가족이 인생의 의미 그 자체라고 생각한다. 어떤 식으로든 가족이 해체된다는 것은, 아무 죄 없는 자식에게는 돌이킬 수 없는 상처를 준다는 것을 나는 경험을 통해 잘 알고 있다.

나는 지금 세상에 나온 지 일주일도 되지 않은 딸을 안고 아무 말 없이 눈을 내려다보고 있다. 이렇게 세상에 와주고 내 팔에 안겨 있어주어서 고맙다는 말을 건넨다. 앞으로 남은 평생 세계 최강의 '딸바보'로 살아갈 것이 분명한 내 모습이 벌써부터 궁금해진다.

북한의 가족사진

앨리스 유 《사랑이 구한다》

두 살 된 딸아이가 요즘 폭풍 성장을 하고 있다. 남한에 오고 나서 쉰이 넘어 낳은 딸. 별 탈 없이 무럭무럭 커가는 아이가 대견하기도 하지만 마음 한편으로는 몹시 아쉽기도 하다.

"저렇게 커가다 보면 눈 깜짝할 사이에 아가씨가 되겠네. 그럼 뽀뽀도 해주지 않겠군…."

나는 혼잣말을 했다. 오늘 보고 있는 딸의 저 모습을 내일은 볼 수 없을 것이란 생각이 들어 조금 울적했다.

스마트폰을 꺼내 갤러리를 열었다. 딸의 사진들이 주르륵 떴다. 정리되지 않은 사진 파일함에는 딸아이의 갓 태어난 모습부터 1000장에 가까운 사진들이 저장돼 있다. 스마트폰의 사진 파일들을 PC에 옮겨 저장하기로 했다.

사진과 동영상이 한꺼번에 옮겨지다 보니 '서류'가 날아가는 지루한 화면을 한참 들여다봐야 했다. 문득 내 사랑의 역사가 나풀거리며 날아다니고 있다는 생각이 들었다. 그리고 궁금했다. 여러 가지 질문이 한꺼번에 머릿속을 맴돌았다. 어쩌면 먼 훗날, 딸아이도 지금의 나와 똑같이 책상에 앉아서 이 사진들을 한 장 한 장 넘기지 않을까? 그때 딸은 무슨 생각을 할까? 자신을 향해 셔터를 눌러대던 아빠의 모습도 잠시나마 떠올려줄까?

그사이 사진 복사가 다됐다. 폴더의 명칭을 적기 위해 자판에 손을 올렸다. '2016년 딸 사진.' 이렇게 적었다가 곧 지웠다. 이 사진들은 단순한 이미지가 아니라 내 사랑의 기록이며, 행복의 역사라는 생각이 들었다. 폴더에 '사랑의 역사 2016'이라고 적었다.

얼마 전에 출간된 《사랑이 구한다》를 읽었다. '평범한 사람들의 위대한 사랑, 포토에세이 25'라는 부제가 책의 내용과 형식을 설명한다. 한국계 미국인인 앨리스 유(현대미술가)와 유진 킴(사진작가)은 지난 2008년부터 '마이 모던 멧My Modern Met'이라는 블로그를 만들어 운영했다. 이 블로그는 큰 인기를 끌어 월 평균 방문자가 무려 370만 명이나 된다. 이 블로그에는 세계 각지의 사진가들이 참여하고 있는데, 그냥 예술작품으로

서의 사진들만 모은 것이 아니다. 보통 사람들의 감동적인 이야기들을 담은 사진들이 그 사연과 함께 등장한다. '마이 모던 멧'은 현재 미국에서 가장 주목받는 문화예술 블로그라고 한다. 《사랑이 구한다》는 이들의 블로그에서 선별한 25편의 이야기를 싣고 있다.

'한 장의 사진을 통해 이런 감동을 얻을 수 있구나!'

책을 읽는 동안 나는 놀랐다. 사실 북한에서 살다 온 사람이라면 '사진'이 주는 감동을 잘 이해하지 못할 수도 있다. 나는 남한에 와서 정말 사진을 많이 찍었다. 누군가와의 만남, 처음 가본 곳들, 맛있고 보기 좋은 음식들을 담은 사진들부터 어쩌다 귀가가 늦어지게 되면 아내에게 '청렴결백'함을 밝히기 위한 인증사진까지…! 그 많은 사진을 찍으면서도 사실 나는 사진이 가진 의미와 위력을 채 실감하지 못하고 살았다.

물론 북한에서도 사진은 찍는다. 하지만 그저 기록, 혹은 기념의 의미만 있을 뿐이다. 생일·결혼·환갑·진갑 사진이거나 설날과 졸업 기념사진, 또는 김일성 부자 국경일 사진 정도가 전부다. 2000년대 이후에는 사진을 메모리에 저장하는 경우도 있지만, 아직도 대부분의 사람은 필름을 인화한 후 사진첩으로 만들어 보관한다.

당연히 북에서도 가족사진을 찍는다. 하지만 그보다 훨씬 중요한 사진이 바로 김 부자의 초상이다. 직장과 학교는 물론이고 가정마다 김 부자의 사진을 걸어두어야 한다. 북에서는 이 김 부자 사진을 그냥 '초상화'라고 부른다. 그런데 그 사진 때문에 곤경을 겪는 경우가 비일비재하다. 북한 주민들은 집에 불이 나도 귀중품보다 김 부자의 사진을 먼저 건져내야 한다. 만약 그 사진이 불에 타면 비상사건으로 간주해 법적으로 처벌을 받는다. 그리고 결혼을 하게 되면 무조건 전국 도처에 있는 김일성 동상 앞에 가서 기념 촬영을 해야 한다. 그것이 관례다. 더 웃긴 사실은 그 앞에서 사진을 찍을 때 신랑과 신부의 얼굴은 콩알만 하게 나오더라도 동상은 온전하게 찍어야 한다는 것이다. 만약 동상이 앵글에서 벗어나 손목이 잘리거나 하면 그 사진은 인화도 하지 못한다. 자칫 그런 사진 때문에 사상을 의심받을 수 있기 때문이다.

나는 탈북을 했기 때문에 북한에서 찍은 사진은 한 장도 없다. 통일이 되지 않는 한 되찾을 수 없게 된 나의 추억을 생각하면 가슴이 아프다. 그래서인지 〈사랑이 구한다〉 속의 사진들은 마치 내 추억의 사진처럼 애틋하다. 책장을 넘길 때마다 눈앞에 펼쳐지는 감동적인 사진과 아름다운 문장 앞에서 나는 종종 감정적으로 무너졌다.

마루에서는 아내가 아이와 놀아주고 있다. 가만히 폰을 들어 그 모습을 사진에 담았다. 오늘도 이 사랑이 나를 구한다.

행복의 기준

파울로 코엘료 《불륜》

권상우·최지우 주연의 드라마 〈유혹〉을 보다가 문득 '3일에 7억 원을 주겠다는 미지의 여성이 나타난다면 나는 과연 어떻게 할까' 하는 생각이 들었다. 거의 대부분의 남자들은 그런 제의를 '홀랑' 받아들이지 않을까. 물론 상상에서나 있을 법한 일이지만….

하지만 아내들에게 "내가 만약 저런 조건으로 다른 여자를 만나고 온다면 이해해줄 수 있겠어?"라고 물으면, 두말할 것도 없이 '정의의 타격'이 날아들 것이다. 그게 현실이다.

그런 맥락에서 큰 흥미를 가지고 펼쳐든 책이 파울로 코엘료의 소설 《불륜》이다. 이야기의 뼈대는 대충 이렇다.

스위스 제네바의 유명 신문사에 근무하면서 10년째 순탄하고 행복한 결혼 생활을 해오던 주인공 린다. 그녀는 평온하고 변함 없고 무료한 일상에 여러 감정 기복을 겪으며, 자체 모순에 빠지게 된다. 그러던 어느 날 린다는 유명 정치인이 된, 학창 시절의 남자 친구를 만나게 된다. 그리고 이 첫사랑과의 재회는 결국 불륜으로 이어진다.

'평온하고 변함 없고 무료한 일상'이라니! 도대체 그게 뭐가 문제란 말인가? 당황스러웠다. 하지만 코엘료라는 작가는 30대 여성의 내면을 지극히 섬세하게 묘사하며 결국 린다를 나에게 이해시켰다.

사실 사람 사는 세상에 불륜이 없는 나라는 없을 듯하다. 북한에도 불륜은 있다. 그러나 불륜을 저지르는 사람들이 경제적 여유가 있거나 좋은 환경에서 사는 것은 아니다. 또 북한은 남한처럼 불륜의 장소가 다채롭지(?) 않고 무척 제한적이어서 발각될 확률이 높다. 남 몰래 밀회를 즐길 만한 공간, 다시 말해서 자가용 차도 없고 모텔도 없으니 어쩔 수 없이 걸어서 밭이나 야산에 올라간다.

북에서는 남편을 '남들 편'이라고 하고 아내를 '안해'라고 풀기도 하는데, 여기서 안해는 '집 안을 비추는 해'라는 뜻이다. '남편은 외도질을 할 수도 있지만 집 안을 비추는 따뜻한 해는 외도를 해서는 안 된다'는 의미를 담고 있기도 하다. 결국 불륜은 사람 사는 곳에서 영원히 없어지지 않을 '사회적 바이러스' 인지도 모른다.

북에서도 남편이 바람을 피우면 아내의 반란이 피 바람을 부르기도 한다. 특히 사내에서 일어난 불륜일 경우 아내가 직장에 군림하고 있는 당 간부를 찾아가 항의를 한다. 결국 불륜 상대였던 미혼의 아가씨는 다른 직장으로 이직 처분되고, 남편은 직장에서 '바람쟁이' 낙인이 찍힌 채로 한동안 망신을 당하며 일해야 한다. 하지만 실제로 불륜을 제일 많이 저지르는 것은 당 간부나 행정 간부들이다.

반대로 아내들이 바람이 나는 경우도 있다. 이런 때는 대체로 이혼까지 거론되지만 북에서는 이혼 자체가 경범죄처럼 여겨지기 때문에 어떤 이유에서든 이혼이 성립되면 세대주인 남편이 법적 추궁을 받게 된다. 북에서 가정은 "국가와 사회를 형성하는 일개 세포"라고 규정되고 있다. 그 세포를 파괴하는 행위는 말 그대로 범죄가 되는 것이다.

반면 남한에서는 이혼이 사회의 문제가 아닌, 온전히 개인의 문제다. 특히 남한에서 불륜은 이혼으로 발전하여 위자료 문제나 재산 분할 문제로 귀결되곤 한다.

가끔 남한 남자들이 이런 질문을 하기도 했다.

"북에서는 바람을 피우면 아내가 어떻게 해요?"

"잘 모르긴 하지만 밤에 자는 남편의 코에 찰떡을 붙인다는 말이 있어요."

남한 남자들이 불에 덴 것처럼 화들짝 놀라는 모습을 보면서 웃음이 터졌다. 세상만사 딴눈을 팔면 다치기 마련이다. 운전을 하다가 딴눈을 팔면 사고로 이어지고, 해수욕장에서 딴눈을 팔면 '안구 테러'로 신고당하며, 아내와 길 가다가 딴눈을 팔면 밥 얻어먹기 힘들어진다. 불륜 때문에 죄 없는 자식들이 희생되는 경우도 있다.

가족의 웃음에서 행복의 기준과 사랑의 가치를 정하는 것, 그것이 내가 여기서 배운 인생의 정답이다.

어쨌거나 상상은 자유롭지만 현실은 엄혹한 법. '3일에 7억 원'이라는 유혹은 그저 끈적거리는 상상일 뿐이지만 내가 만약 드라마의 주인공이었다면 어떤 행동을 했을지 궁금하기도 하다.

나의 자립 수업

미나미노 다다하루 《팬티 바르게 개는 법》

태어난 지 한 달도 되지 않은 딸 효빈의 흑진주 같은 눈동자를 바라보면서 오만 가지 생각을 하게 된다. 예쁘고 건강하고 행복하게 잘 자라주길 바라는 마음은 자식을 가진 부모라면 누구라도 같을 것이다. 벌써부터 딸애가 여고생이 되면 과연 어떤 모습으로 변할지 무척 궁금해진다. 내 나이 쉰에 태어난 최강 '늦둥이'다 보니 자꾸만 생각도 LTE급으로 앞서가는 듯하다. 온통 딸 생각에 서점을 둘러보다가 눈에 띈 책. 그 제목부터가 예사롭지 않은데, 바로 '팬티 바르게 개는 법'이다.

이 책의 저자인 미나미노 다다하루 선생은 오사카부립고등학교의 영어 교사였다. 그런데 대다수 학생들이 수업 중에 아무 때나 졸고, 아무런 의욕 없이 무기력한 학교생활을 하는 것을 보고 오랫동안 고민했다. 그러다 결국 학생들이 자신의 생활을 스스로 잘 관리하지 못하고 삶을 즐기지 못하는 것에 모든 문제의 원인이 있음을 깨달았다고 한다. 이후 그는 '청소년기에 반드시 갖춰 앞으로 펼쳐질 긴 인생을 제대로 살 수 있게 하는 힘'에 대해 연구했다. 그리고 놀랍게도 기술가정과 교사로 자신의 전공을 바꿨다. 이 전공은 우리로 치면 가정과다. 일본에서도 남자가 가정 선생님으로 부임한 것은 최초의 일이라 당시 크게 화제가 되기도 했단다.

《팬티 바르게 개는 법》은 청소년이 인생을 '살아갈 힘'을 갖추게 하기 위한 '4대 자립(생활적, 경제적, 정신적, 성性적 자립)'과 '생활력'에 대한 책이다. 그리고 실제로 미나미노 선생님이 아이들을 가르치는 생생한 수업 현장을 기반으로 쓴 책이기도 하다.

북한에서도 청소년 교육은 무척 중요한 문제로 여겨진다. 그래서 자라나는 청소년에 대한 교육의 핵심은 학교생활과 가정생활의 유기적인 결합이라고 강조한다. 한때 나도 북한에서 교사 생활을 하면서 학생들을 가르쳤다. 당시 학교교육은 지식과 의식을 동시에 습득하게 하는 인생 수업의 입문 과정이라고 생각했다. 하지만 이것은 이론일 뿐이었다.

경제력이 취약한 북한에서는 우선 교육 환경이 매우 열악하다. 나는 이곳으로 와서 남한의 교육 환경과 조건을 보며 다시 학생이 되고 싶다는 생각마저 들었다. 내 눈에 남한의 학교 환경은 그저 놀라울 따름이었다. 하지만 그것은 나의 정착 초창기에 처음 본 학교의 표피적인 모습일 뿐이었다. 이제는 특히 사교육에 대해서는 적정선을 넘지 않았나 하는 생각을 한다. 아이들이 학교교육 외에도 사교육 등으로 불철주야 학업에만 내몰리다 보면 당연히 의욕이 상실되기 마련이라고 생각한다.

미국의 휴스턴경찰청이 벌이는 캠페인 중에 '못된 자녀를 만드는 열 가지 비결'이라는 게 있다. 반어법으로 아주 웃기게 표현해서 기억에 확실하게 남는다. 그중 "자녀가 정돈하지 않는 이불, 옷, 신발 등을 대신 정리해줘라. 그러면 자녀는 자기의 책임을 다른 사람에게 미루는 사람이 될 것"이라는 말이 인상적이었다.

아직 생후 한 달도 되지 않은 딸을 안고서 벌써부터 나는 이런 글들을 모으고 있다. 옛말에 '귀한 자식일수록 엄하게 키우고 먼 길을 떠나보낸다'고 했다. 하지만 지금 당장 아이를 품에 안고 있는 나에게 정말 그렇게 할 수 있느냐고 누군가 묻는다면 'I cannot!'이라고밖에 답할 수 없을 듯하다. 내 품에서 이 갓난아이가 성장하듯 나도 이제 아빠로서 성장해야 할 것이다. 같은 물음에 'Yes, I can'이라고 답할 수 있는 그런 아빠가 될 때까지 말이다.

동물원에 갔더니 사람이 보였다

나디아 허 《동물원 기행》

올해는 1994년 이후 가장 뜨거운 여름이었다고 한다. 1994년에 나는 북한에 살고 있었다.

"북한에 있을 땐 이렇게 덥지 않았지요?"

누군가 이렇게 묻기도 했다. 북한이 북극 가까운 어디쯤에 있는 걸로 아는 모양이다.

솔직히 나는 북한이 더 더웠다. 남한에서는 더우면 바로 에어컨이라도 틀지 않는가. 물론 누진되는 전기료 때문에 속은 타지만, 그래도 에어컨이 곁에 있으니 당장 오늘 쪄 죽을 일은 없다. 그리고 길을 가다가도 언제든 더위를 피할 수 있는 지하철 역사도 있고 백화점도 있고 은행도 있다. 남한에는 피서지가 도시 곳곳에 있지만 북한에는 없다. 굳이 있다면 가로수 그늘뿐이랄까.

길고 뜨겁던 여름이 갔다. 이제 제법 귀밑머리를 간질거리는 가을의 바람이 분다. 오늘도 서점을 찾았다. 다들 한껏 아름다워진 하늘을 보러 갔는지 서점은 며칠 전에 비해 좀 한산했다. 딱히 찾는 책이 있었던 것은 아니라서 여유 있게 신간들을 들춰보았다.

《동물원 기행》이란 책에 눈길이 갔다. 올 여름 더위에 동물들도 꽤 고생을 했겠다는 생각이 들었다. 얼른 책을 집어들었다.

이 책을 쓴 나디아 허는 대만에서 요즘 잘나가는 젊은 소설가라고 한다. 그는 2년 동안 세계 14곳의 동물원을 여행했단다. 그런데 동물들을 보러 간 것이 아니다. 그는 인간을 보기 위해 동물원을 찾았다는데, 일단 이 역발상이 무척 흥미롭다. 그리고 정말로 거기에서 인간을 볼 수 있었으니 놀랍다.

그는 동물원이 간직한 오래된 이야기들을 찾는다. 《동물원 기행》은 '근대 이후 인간 세계에서 벌어진 비극과 변화를 지켜본 독특한 공간'이라는 시각에서 동물원을 살펴보는 책이다.

북한에도 동물원은 있다. 남한의 어느 신문 기사를 보니 북한의 유일한 동물원은 평양에 있는 중앙동물원뿐이라고 쓰여 있었다. 이 말은 맞기도 하고 틀리기도 하다. 사실 북한의 각도 소재지나 일부 시·군에도 동물원이 있기는 하다. 하지만 1990년대 말 '고난의 행군' 시기, 극심한 식량난 때문에 지역의 동물원들은 대부분 사라졌다.

북한의 유일한 동물원이라는 평양중앙동물원은 1954년 4월에 개장했고 약 270만 제곱미터의 면적이다. 과천에 있는 서울동물원이 242만 제곱미터이니, 거의 비슷한 크기라고 생각하면 된다. 그곳에는 김 부자가 직접 보내준 '선물동물'이 있다. 만약 그 동물이 죽을 경우 동물원의 간부들은 무시무시한 책임을 져야 한다. 여차하면 탄광이나 농촌으로 추방되기도 한다. 어떻게 봐도 이상한 나라다.

김일성과 김정일은 유난히 개를 좋아했는데 그들이 키우던 애완견들도 이 동물원에 보내져 상상을 초월하는 우대를 받았다. 하지만 북한의 동물들은 대개 북한의 주민들과 팔자가 비슷하다. 지방 동물원의 동물들은 정말 처참한 삶을 살아간다. 언젠가 그나마 맹수들이 있는 지방 동물원에 간 적이 있었는데, 그곳의 호랑이와 곰은 온갖 학대를 받고 있었다. 호랑이는 이빨이 다 빠지고 수염도 없었으며, 곰은 삐쩍 말라 제대로 서 있지도 못했다. 알고 보니 호랑이의 이빨과 수염은 귀한 약재라고 다 뽑아 팔아먹고, 곰도 담즙을 뽑아 팔다 보니 그 꼴이 됐다고 한다. 그날 즐겁기 위해 갔던 동물원에서 끔찍한 기분만 느끼고 돌아왔고, 이후 다시는 동물원을 찾지 않았다.

솔직히 한국에 와서 서울대공원에 있는 동물원을 보고 깜짝 놀랐다. 간신히 걸음마를 떼기 시작한 딸과 아직은 이 땅의 모든 것이 신기하게만 느껴진다는 정착 3년 차 새내기 아내를 거느리고 갔었는데, 사실 동물들 때문에 놀란 것이 아니라 너무나 면적이 넓어서 놀랐다. 아기를 안고 어디로 튈지 모를 아내가 미아가 될까봐 감시를 하면서 광활한 동물원을 돌다가 우리 안에 가만히 서 있는 동물들의 팔자가 더 부럽기도 했다.

"저것 보세요. 호랑이한테 생닭고기를 주고 있어요. 사람도 먹기 힘든데."

아내가 던진 말에 사람들의 시선이 쏠린다. 아내는 대형마트에서 파는 것과 똑같은 생닭을 호랑이에게 주는 것이 불만인 것 같았다. 그뿐이 아니었다. 바나나와 사과를 비롯한 여러 가지 과일을 마구 먹고 있는 원숭이, 수박을 먹고 있는 고릴라 등이 아내의 눈에는 신비로움 그 자체였다.

아내의 이상한 말을 듣고 옆에 서 있던 분이 넌지시 묻는다.

"북한의 백두산에는 호랑이가 있다고 들었는데 진짜인가요?"

"호랑이요? 호랑이도 먹을 게 없으니까 배고파서 탈북했을 겁니다!"

눈썹 하나 까딱하지 않고 진지하게 말하는 아내의 모습이 어느 때보다 예뻐 보였다.

비록 힘든 하루였지만 우리 가족에게 동물원 기행은 북한의

동물에 비해 엄청나게 호강하는 동물들을 보게 된 날이기도
했다.

《동물원 기행》의 저자가 평양중앙동물원을 보게 된다면, 이
책의 개정판을 내고 싶어질지도 모르겠다는 생각이 들었다. 물
론 그때까지 북한 동물원의 동물 친구들이 죽거나 탈북을 하
지 않는다면 말이다.

남한 바둑이 센 것은 알고 있었지만

샨사 《바둑 두는 여자》

며칠 전 서대문 근처에서 남한의 지인과 맛있는 돼지 두루치기를 먹다가 바둑을 화제로 이야기꽃을 피웠다. "북한에도 바둑을 두는 사람이 있느냐"는 물음에 입에 넣었던 고기가 튀어나올 뻔했다. 북한이 남한과 다른 사회체제라고 할지라도 있을 것은 다 있다. 물론 없는 것이 더 많지만 말이다. 어쨌든 바둑 이야기 때문에 읽게 된 책이 샨사의 《바둑 두는 여자》다.

중국 출신의 여성 작가 샨사가 2001년에 프랑스에서 발표한 이 소설은 이듬해인 2002년 프랑스의 고등학생들이 가장 읽고 싶은 책으로 선정돼 '공쿠르 데 리세앙 상'을 받았다. 그러면서 프랑스 독서계에 '샨사 열풍'을 몰고 오기도 했다. 1930년대 일제 침략기의 만주에서 중국 소녀와 일본군 장교가 바둑판 위에서 벌이는 비극적 사랑 이야기를 담은 이 책은 '위선적이고 틀에 박힌' 사회에 날카로운 시선을 던지는 반항적인 소녀의 초상을 그리고 있다. 아주 재미있는 소설이다.

얼마 전에 바둑을 소재로 한 영화인 〈신의 한 수〉를 봤다. 정우성과 이범수가 열연을 펼친 영화는 바둑을 소재로 했다는 점만으로도 굉장히 흥미롭게 느껴졌다. 사실 나는 북한에 살던 시절부터 소문난 바둑광이었기 때문이다.

한국에 온 첫해, 길거리에 있는 자그마한 기원에 들어간 적이 있다. 나름 북한에서는 바둑으로 좀 날렸던 터라 서슴지 않고 시합을 청했다. 칠순쯤으로 보이는 어르신과 승부를 겨룬 것이다. 북한의 바둑협회에서 2단(북한에는 직업기사가 없다)을 받은 나는 상대편 기력이 2급이라고 해서 바둑 돌 두 개를 먼저 놓게 하고 접바둑을 뒀다. 그러나 결과는 3전 전패였다. 계가도 못하는 불계패였다.

북에 있을 때 남한 기사들의 기보를 보며 바둑 공부를 했던 까닭에 남한 바둑이 센 것은 알고 있었지만 동네 어르신의 숨은 기력 앞에서 나는 속절없이 고개를 떨궈야 했다.

북한에서는 바둑협회가 조직된 이후 규칙이나 용어에 대해 많은 논란이 있었다. 바둑에는 워낙 일본 문화의 잔재가 많이 남아 있었기 때문이다. 그런 까닭에 덤도 다섯 집 반이냐 여섯 집 반이냐 하는 규칙을 놓고 상당히 고민했던 것으로 안다. 결론은 북한도 남한과 똑같이 덤이 여섯 집 반이다. 남한이 먼저 그렇게 정하자 북한도 따라갔다. 사회의 모든 제도, 심지어 맞춤법까지도 주체사상에 맞춰 남한과 달리 쓰는 북한이지만, 바둑은 예외였다. 바둑판 위에서만은 소박한 통일을 원했던 것일까? 어쨌든 남과 북은 통일된 이후에도 함께 바둑을 두는 데는 아무 문제가 없다.

현재 북한에는 바둑 인구가 별로 없다. 먹고사는 일이 고단하기 때문이다. 그러나 북한에서 바둑을 두는 사람들은 거의 다 남한 기사들의 기풍을 가슴속에 간직하고 있는 것만은 사실이다. 어찌 보면 남과 북의 바둑인들은 이미 오래전부터 '통일의 한 수'를 두고 있는지도 모른다.

언젠가 통일이 되면 나는 북한 출신 '동네 바둑왕'들에게 훈수를 둘 것이다. 남한 어르신들 앞에서 '바둑왕'이 아니라 '바보왕'이 되고 싶지 않으면, 족히 서너 급수는 스스로를 낮추라고 말이다.

내가 어떤 춤꾼에게 배운 것

강원래 · 김송 《우리 사랑 선이》

젊은 시절 내가 북한에서 글을 쓰기 시작하면서 가장 큰 감명을 받은 작가가 니콜라이 오스트롭스키다. 《강철은 어떻게 단련되었는가》라는 작품도 뛰어나지만, 그보다 척추 손상으로 인한 장애를 극복하고 창작을 이어간 불굴의 정신에 감탄을 금할 수가 없었기 때문이다.

남한으로 넘어와 정착하면서 한동안 잊고 지내던 《강철은 어떻게 단련되었는가》를 새삼 다시 떠올리게 만든 계기가 있었다. 바로 강원래 · 김송 부부가 펴낸 《우리 사랑 선이》다. 이 책은 인간 정신에는 한계점이 없다는 것을 나에게 다시 상기시켜줬다.

내가 남한으로 오기 훨씬 전이라 그가 춤추는 모습을 직접 본 적은 없지만, 1996년에 춤 하나로 대한민국을 들썩이게 했던 강원래 씨는 거의 20년이 흐른 지금까지도 가요계의 '살아 있는 전설'이라 들었다. 그는 이 책에 가장 솔직한 고백을 담고 있다. 불의의 교통사고 이후 장애인으로 살아가야 할 현실을 받아들이지 못해 폭력적으로까지 변해갔지만 결국 가족과 친구들, 그리고 사랑하는 아내 덕분에 새로운 인생을 시작하게 됐다고 그는 말한다. 이후 '장애는 하나의 개성'이라고 여기며 자신의 장애를 극복해냈고, 어렵사리 아들까지 얻었다. 이 책을 통해 아들에게 보내는 아버지 강원래의 메시지는 참 감명 깊다.

남한에 온 이듬해 나는 경추수술을 받고 지체장애 판정을 받았다. 처음 의사가 장애 신청을 하라고 했을 때 경악하면서 거부했던 일이 지금도 새롭다. 남한에서 새로운 인생을 시작해야 하는데 장애인이 된다는 것은 리스크가 상당히 크다고 지레 겁을 먹었던 것이다. 그런데 장애인 판정을 받은 이후 공짜로 지하철을 타고, 고속도로 톨게이트 비용을 할인받고, 장애인에 대한 사회적 배려를 받는 과정에서 장애인에 대한 남과 북의 차이를 실감할 수 있었다.

북한에도 장애인에 대한 사회적 우대가 있기는 하다. 하지만 장애가 생긴 이유에 따라 편견과 차별이 있다. 군복무 과정이

나 국가적 차원의 일을 하다가 사고로 장애인이 되는 경우에만 우대해준다. 나머지 장애인들은 무시당하고 있다고 해도 과언이 아니다. 심지어 맹인초물공장, 경노동직장이라고 하는 곳에서 장애인들에게도 똑같이 노동을 시키고 있다. 물론 남한처럼 대중교통수단에 우대석도 없다. 제대로 운행하는 버스나 지하철도 없지만 말이다. 심지어 평양에서는 한때 선천성 지체장애인들을 일방적으로 추방한 일도 있다. 유전으로 인한 지체장애 현상을 눈앞에서 치워버리기 위해서다.

하지만 남한에서는 신체장애를 극복하고 새로운 삶에 도전하는 장애인들의 모습을 TV에서 자주 볼 수 있다. 두 팔이 없어도 피아노를 연주하고, 두 눈을 잃고도 천상의 목소리로 삶을 노래하는 그들의 모습은 오히려 비장애인들에게 희망을 주고 삶의 활력소가 되곤 한다. 북한에서 살았던 내 눈에는 장애인에 대한 복지가 잘 이루어지고 있는 것으로 보인다. 하지만 현재에 안주하지 않고 장애인에 대한 사회안전망을 더욱 확장하고 개선해나가려는 남한 사람들의 강한 의지와 노력이 바로 이러한 복지의 바탕이라고 생각한다. 결국 인간이 가장 강하고 아름다울 수 있는 순간은 바로 이런 의지를 가지고 있을 때가 아닌가 하는 생각을 해본다. 세상은 인간의 선한 의지로만 개선되기 때문이다.

그런 의미에서 '장애는 하나의 개성'이라는 강원래 씨의 극적인 깨달음은 인간 의지의 가치와 아름다움을 표현하는 그의 멋진 춤사위처럼 느껴진다. 그렇다, 그는 우리에게 여전히 춤꾼인 것이다. 이전보다 훨씬 더 높은 차원의 춤꾼!

믿음 생활 하세요?

율리우스 슈노어 폰 카롤스펠트 《아름다운 성경》

얼마 뒤면 나에게도 아기가 생긴다. 이제 곧 태어날 아이를 생각하면 가슴이 뛴다. 당연히 어떤 이름을 지을까 생각하게 된다. 태어나는 아기의 미래를 위해서도 좋은 이름을 지어주고 싶었다. 가끔 한국의 지인들을 만나다 보면 낯선 이름을 가진 사람들이 많았다. 김파울, 김안나, 안파울러, 박다비드 등등….

알고 보니 성당에서 받은 세례명을 그대로 쓰시는 분들이었다. 본래 이름은 할아버지나 아버지가 지어주는 줄로만 알았는데 이런 경우도 있다는 것이 마냥 신기했다. 대뜸 종교와 신앙심에 대한 이런저런 생각이 많아졌다. 그러다가 서점에서 우연히 찾은 것이 바로 《아름다운 성경》이다.

표지의 커다란 판화가 눈길을 사로잡았다. 이 책은 성경의 주요 장면을 표현한 240점의 판화와 관련 성경 구절들이 페이지마다 함께 실려 있다. 놀라운 것은 마치 세밀화처럼 입체적으로 표현된 판화가 에칭이 아니라 목판화라는 사실이다. 사람이 나무에 하나하나 조각을 해서 그런 그림이 찍혀 나오게 하다니, 정말 놀라웠다. 그 아름다움에 매료돼 한 장 한 장 음미하듯 그림을 보았다. 그러고 있자니 성경이 아주 흥미로운 이야기가 되어 고스란히 가슴으로 들어왔다.

처음 남한에 와서 거리를 거닐 때, 제일 많이 눈에 띈 것이 '부동산사무소'하고 '십자가 달린 건물'이었다. 지금도 가끔 느끼지만 정말 교회가 많다. 탈북 직후 하나원에 머물던 때 처음으로 기독교를 접했다. 찬송가도 불러보고 기도도 따라 해보았다. 다소 어색하긴 해도 거부감은 없었다. 탈북 과정에서 입었던 마음의 상처를 치유하는 데 적절하게 작용했던 것 같기도 하다. 그래서인지 탈북인들 중에는 신앙 생활을 하는 사람이 적지 않다.

북한에서는 당연히 종교 자체가 철저히 배격당하고 있으며, '반역 중의 반역'으로 간주된다. 그런데 웃기는 것은 북한 헌법에는 '종교 · 신앙의 자유'라는 문구가 떡하니 박혀 있다는 것이다. 국제사회 전시용으로 종교단체나 기구도 설립돼 있다. 하지만 이는 허울뿐이고 자유로운 종교인은 없다.

남한에 와서 처음 알게 된 사실이지만 원래 김일성의 집안은 독실한 기독교 집안이었단다. 결국 김일성은 종교의 의미와 내용은 쏙 빼버리고, 종교적 외피만 고스란히 베껴서 자신의 왕국을 건설한 셈이다. 그는 온 나라에 자신의 동상을 무려 3만 8000개나 세웠다. 또 사람이 사는 공간마다 자신의 사진을 걸어놓고 숭배를 강요했다. 스스로 신의 자리에 오른 것이다.

북한에서 살다 온 내가 종교에 박식할 수는 없다. 하지만 종교란 나 같은 문외한도 쉽게 납득하도록 상식적으로 운영돼야 한다. 잘 모르는 사람 눈에 그곳이 신을 믿는 곳인지 돈을 모으는 곳인지 구분되지 않는다면, 그래서 어떤 위안도 평온함도 느끼기가 어렵다면 그곳은 성전이 아니다. 가끔 목회자 비리 같은 것을 뉴스로 접할 때마다 문득 그런 생각이 들곤 한다.

종교의 자유가 얼마나 소중한 것인지를, 종교가 자유로운 남한 사람들은 제대로 체감하지 못하는 듯하다.

'믿음'은 아주 단순하고 명료한 단어다. 이 단어에 대한 이해가 어려워지는 것은 근본적으로 옳지 않다. 이제 곧 남한에서 태어날 내 아이의 눈을 바라보면서 소중한 종교의 자유를 말해주며, 그렇게 살아가고 싶다.

5부

내게도 일상이 생겼으면
좋겠다

나에게 여행이란 과연 어떤 의미가 있을까? 사실 지금도 아리송하다.
흔히 세계를 알면 시야가 넓어지고 사고도 넓어지고 마음도 넓어진다고 들었다.
어느덧 주변 사람들을 만날 때마다 내가 보고 느낀 점을
스스럼없이 말하고 있는 나를 보고 소스라치게 놀라기도 했다.

목숨 건 여행만 하던 나였는데

안시내 《악당은 아니지만 지구정복》

남한에 와서 정말 신기했던 것이 하나 있다. 연휴마다 사람들이 던지는 질문이다. 어떻게 연휴를 보낼 건지. 연휴가 지난 다음에도 사람들은 어떻게 연휴를 보냈는지 따위를 묻곤 한다. 쉬기 위해서도 계획을 세우는 이 나라의 여가 생활을 이해하기까지 몇 년이 걸렸다. 어쨌든 남한에 오고 나서는 쉬는 날에도 무지하게 분주해진 것만은 사실이다. 산으로, 바다로, 해외로… 종종 쉬는 날이 더 힘들다.

안시내의 《악당은 아니지만 지구정복》은 22세의 젊은이가 단돈 350만 원으로 인도, 모로코, 스페인, 프랑스, 이탈리아, 이

집트, 태국 등을 141일간이나 여행한 이야기를 엮은 것이다. 여행지의 경치, 음식, 명소를 소개하는 것이 아니라 그곳에 살고 있는 사람들과 관계를 맺어가는 이야기다. 그래서 사람 냄새가 물씬 난다.

키도 작고 겁도 많을 어린 여대생이 타향 만 리를 몇 달 동안이나 돌아다니는 것도 놀라웠지만 겨우 교통비나 될까 싶은 돈으로 그 많은 곳을 둘러본 것도 경이로웠다. 나는 이 책을 읽은 소감을 곁에 있는 아내에게 들려주었다. 그런데 아내가 대뜸 한다는 소리가 재미있다.

"그래도 나보다는 편안한 여행을 했네요."

'생뚱맞게 무슨 소리지?'라는 생각이 들었다. 아, 그러고 보니 아내는 북한을 떠나 중국과 동남아를 거쳐서 한국에 도착하기까지, 그야말로 '목숨을 건 여행'을 했다. 시기는 다르지만 나 역시 절체절명의 여행 끝에 여기에 왔다. 목숨을 건 위험천만한 탈북 과정을 여행이라는 아늑한 말로 부를 만한 여유가 생긴 것이 우습기도 하다.

북한에도 당연히 여행이라는 말이 있고 사전에도 올라 있다. 하지만 이동의 자유가 철저하게 규제되는 그 땅에서 '여행'은 현실과 동떨어진 추상적인 단어일 뿐이다. 참고로 북한에는 수학여행도 신혼여행도 없다. 다만 단체로 다른 지방을 견학 가거나 김일성 우상화를 위해 조성된 혁명전적지와 사적지 정도는 간다.

개인적으로 여행을 가려면, 보안기관에서 '통행증'이라는 것부터 발급받아야 한다. 그런데 통행증 발급 신청서의 여행 사유란에 '그냥 머리가 아파서 쉬러'라고 적을 수는 없다. 발급이 거절될 뿐만 아니라 "미친 놈" 소리만 듣고 쫓겨날 테니까. 게다가 북한은 교통도 최악이다 보니 휴가를 내고 여행을 떠난다는 개념 자체가 아예 존재하지 않는다. 북에서 외지로 떠난다는 것은 생계를 위해 장사를 하러 간다는 의미일 뿐이다. 결국 먹고살기 위한 여정이 그곳 사람들의 여행이라고 말해야 하는 것이 참 슬프기도 하다.

이 책의 저자와 같은 나이의 북한 청춘들은 휴일이면 친구 집에 모여 앉아 남한 드라마를 몰래 보거나, 한담을 나누는 것이 고작이다. 그러나 부패한 권력이 지배하는 어느 나라나 마찬가지지만, 언제나 특권층은 예외다. 북한에서도 권력 있고 재력 있는 집의 자식들은 여름이면 원산 송도원 백사장에 해수욕을 하러 가고, 가을이면 승용차나 소형 버스를 세내어 묘향산에 단풍 구경을 가기도 한다. 심지어 상위 몇 퍼센트에 속하는 최고위층들은 해외로 휴양을 간다는 소문도 들은 적이 있다.

그러고 보면 북한에 남한 사람들도 좋아할 만한 명소가 전혀 없는 것은 아니다. 평안북도 구장군에 있는 '용문대굴'은 북한 최대의 천연석회동굴이다. 또 함경도의 칠보산, 황해도의 구월산, 모래가 부드럽기로 유명한 서해의 몽금포백사장…. 언젠가는 '악당은 아니지만 지구정복'을 꿈꾸는 안시내 같은 남한의 건강한 젊은이들이 이런 곳에도 훌쩍 가볼 수 있으면 좋으련만, 안타깝게도 지금은 악당만이 갈 수 있는 곳들이다.

한국에 온 지도 몇 년이 흘렀지만 아직도 나는 여행을 가본 적이 없다. 물론 일 때문에 일본에 여러 차례 가보기는 했지만 말이다. 어쨌든 비행기를 타는 것이 나에게는 여행인 셈이다. 얼마 전에 역시 일 때문에 유럽에 간 적이 있었다. 불과 한두 시간 만에 도착하는 옆 동네 일본이 아니라 무려 열 시간 이상 비행을 해야 하는 먼 곳에 가보기는 난생처음이었다.

이탈리아 로마에 내리니 두 발이 퉁퉁 부어 있었다. 처음에는 이 고생을 하면서 유럽까지 온다는 것이 이해되지 않았다. 시차 적응도 만만치 않았다. 음식은 맛이 없고 불면증에 시달리고…. 하루 만에 김치와 흰쌀밥이 그리워지고 이틀째부터는 라면 생각이 나서 한국에 돌아가고 싶어졌다.

반면 나와 함께 갔던 탈북 청년은 물 만난 물고기마냥 활기가 넘치고 얼굴에서 웃음이 사라지지 않았다.

"그렇게도 좋냐?"

"좋죠. 북에서는 평양에 그렇게 가고 싶어도 못 갔는데 이제 말로만 듣던 유럽에 왔잖아요. 꿈이 아닌 현실인지 믿어지지 않는데요?"

언젠가 새해가 밝아오는 첫날, 집에서 편히 누워서 TV를 보다가 첫 해돋이를 보겠다고 전날부터 생고생을 하며 동해로 이동한 사람들의 모습을 보고 놀랐던 적이 있다.

"그냥 집에서 TV로 해돋이를 보면 되지, 왜 고생을 사서 하지?"

휴식이라는 것은 일신의 평온함을 위한 것이 아닌가? 이런 생각이 들었다.

방송국 일로 갔던 유럽 행차는 여행이 아니니 고생을 각오해야겠다고 스스로를 다잡았었다. 하지만 로마에서 밀라노로, 또 스위스로 이동하면서 어느새 유럽의 여유로움에 젖어들었을 때는 콜럼버스가 아메리카 대륙을 발견한 것 같은 감명을 받았다.

일상을 분주하게 그리고 급하게 살아가는 한국 사람에게는 찾아볼 수 없는 여유로움을 도시 전체에서 느낄 수 있었다. 특히 스위스의 루가노에서는 모든 사람들의 동작이 슬로모션으로 보였다. 다들 느리게 걸어 다니고 세 시간씩 점심을 먹고 커피숍에서 30분 이상 주문한 커피를 기다리고(한국 같으면 난리도 아니었을 것이다). 이런 현상들이 시차에 의한 착시현상인가 의심했을 정도다. 루가노의 명소인 산살바토레 정상에 케이블카를 타고 올라갔을 때의 감정은 남산에서 서울시의 전경을 봤을 때와는 전혀 달랐다. 만사를 잊고 마음의 여유가 생기는 듯했다.

그리고 지금껏 단 한 번도 여행을 위해 해외로 나가본 적이 없는 나 자신을 꾸짖어보았다.

언젠가 대학원에서 함께 공부하던 30대 동료가 밤낮을 가리지 않고 열심히 알바를 하는 것을 알고 생활이 많이 어려운 것으로만 생각했다. 그런데 그 청년에게서 해외여행을 가기 위해 알바를 한다는 말을 듣고는 귀를 의심했다. 그리고 그를 나무랐다. "길 떠나면 고생"이라는 옛말에 "떠나기 위해 또 고생"이라는 말을 덤으로 해주고 싶었다.

나에게 여행이란 과연 어떤 의미가 있을까? 사실 지금도 아리송하다.

흔히 세계를 알면 시야가 넓어지고 사고도 넓어지고 마음도 넓어진다고 들었다.

유럽에서 돌아온 이후 시차 때문에 며칠 또 고생을 했지만 어느덧 사람들을 만날 때마다 내가 보고 느낀 점을 스스럼없이 열심히 말하고 있는 나를 보고 소스라치게 놀라기도 했다.

심지어 유럽에 다녀온 나를 선망의 눈길로 바라보는 주변 사람들을 보고 또 놀랐다. "여행은 고생"이 아니라 나의 체험과 지식을 쌓아주는 정신 수양 과정이라는 깨달음도 얻었다.

새로운 진리를 얻은 나는 올 추석에 가족 동반으로 일본 온천 여행을 떠났다. 첫 해외여행인 셈이다. 즐거움도 많았지만 또 하나 얻은 진리가 있다. "여행을 가려면 은행에서 통장 잔고도 살펴보아야 한다"는 것. 면세점 여기저기를 날아다니는 아내를 보면서 얻은 진리다.

여행은 나에게 자유의 상징이기도 하다. 여행에 맛들인 가족들을 위해 더 많이 벌어야 한다는 생각이 든다.

북한 개라고 차별받지는 않겠지?

스탠리 코렌《개는 어떻게 말하는가》

'개는 어떻게 말하는가'라는 제목을 보는 순간 눈물이 핑 돌았다. 그동안 애지중지 키우던 강아지가 한 달 전쯤 실종됐던 것이다. 늘 밖에서 뛰어놀다가 제 발로 돌아오곤 해서 마음을 놓고 있던 것이 잘못이었다. 하얀 포메라니안 수컷으로, 이름은 '대박이'다. 꽤 정이 붙은 녀석인데, 지금쯤 나보다 나은 주인을 만나서 행복하게 살고 있겠지? 부디 그렇게 잘 있을 것이라 믿는다. 아니, 믿으려고 애를 쓴다. 만약 내가 '개와 이야기할 수 있게 해준다'는 이 책을 미리 읽었더라면 아마 '대박이 실종 사건'은 예방할 수 있었을지도 모른다. 이런 생각이 끈질기게 뇌리에서 떠나지 않는다.

저자인 스탠리 코렌 박사는 '개 심리 전문가'란다. 정말이지 별놈의 직업이 다 있구나 싶기도 했다. 어쨌든 개들의 표정, 귀 모양, 꼬리의 움직임 등등 보디랭귀지를 익히면 개의 마음과 생각을 정확하게 알 수 있다는 것이다. 개를 사랑하는 사람이라면 누구라도 이 귀여운 녀석들과 이야기하고 싶지 않을까? 그러고 보니 '개 심리 전문가'는 꽤 유망한 직업일 듯하다.

내가 남한에 와서 깜짝 놀란 것 가운데 하나가 바로 남한 사람들의 개 사랑과 애견 문화다. 인간과 개 사이의 소통을 위한 책들이 있는 것도 참 신기한 일이었다. 아니, 애견愛犬이라는 단어를 쓰는 것부터가 낯설었다. 견종도 다양하지만, 그중 어떤 종들은 놀라자빠질 만큼 고가로 거래되고 있다는 것 역시 신기했다. 무엇보다도 애견병원이 따로 있어 사람과 똑같이 건강 관리까지 받는다는 것이 정말 놀라웠다.

북한도 역시 사람 사는 곳이라 개가 있다. 일부 주민들은 평양중앙동물원에서 번식된 외국산 개들을 키우기도 한다. 하지만 절대 다수의 북한 '멍멍이'들은 가슴 아프게도 식용이다. 남한에서 '보신탕'이라 불리는 요리를 북한에서는 '단고기국'이라고 하며 대체로 삼복더위에 보양식으로 먹는다. 그러고 보면 사람뿐만 아니라 개들도 어떤 나라에 태어나는가에 따라 그 운명이 완전히 갈린다는 생각이 든다.

개들의 이름도 남한은 정말 다양하다. 북한에서도 물론 개에게 이름을 지어준다. 하지만 역시 체제의 영향을 많이 받아서

인지 대체로 '번개' '샛별' '장군' '방패' 따위의 이름이 많다.

언젠가 통일이 되면 북한 출신의 샛별이, 장군이… 그 녀석들의 운명도 바뀌겠지? 혹시 북한 개라고 차별받거나 하지는 않겠지? 아니, 사랑 많은 남한 사람들이라면 북한 개라는 이유로 더 귀하게 여길지도 모르겠다. 하필 북한에서 태어난 죄로 '개고생'한 개들에게 광명이 있으리라 믿는다.

셜록 홈즈가 북한에 간다면

이몬 버틀러 《셜록 홈즈 미스터리 연구 74》

북에서는 외국 소설책에서나 읽고 떠올려보았던 '피서'. 그 '피서'를 이젠 마음만 먹으면 언제든 떠날 수 있다. 나는 이런 현실이 지금도 문득문득 신기하기만 하다. 아직은 남들처럼 외국으로 선뜻 놀러 갈 만한 여유까지는 없다. 올 여름도 나만의 피서지는 역시 서점이다. 며칠 전에 더위도 피할 겸 들른 서점에서 발견한 책이 《셜록 홈즈 미스터리 연구 74》다.

이 책은 64편의 원작에 숨어 있는 74개의 미스터리를 풀어가는 아주 흥미로운 구성이었다. 가령 비례식과 방정식 등을 활용한 수학 문제나, 단어 추론 퍼즐 같은 것이 원작 소설과 어떤 방식으로 유기적 결합을 이루었는지를 설명하는 대목은 정말 시간 가는 줄도 모르고 읽을 만큼 재미있었다.

셜록 홈즈와 왓슨 박사는 북에서도 유명하다. 자본주의 문화를 속속들이 배제하고 비판하는 북한이지만 의외로 셜록 홈즈는 예외다. 많은 사람들이 그가 등장하는 소설을 즐겨 본다. 여기서 한 가지 재미있는 점이 있다. 서구의 추리소설이나 범죄소설 또는 탐정소설(북한에서는 '정탐소설'이라고 한다)은 기본적으로 북한의 일반인들이 읽을 수 없는 반면 범죄수사관들과 판·검사들은 맘껏 읽을 수 있다는 것이다. 서구의 추리소설을 통해 범죄수사의 지침을 만들거나 참고하고 있는 것이다.

사람이 사는 곳이라면 범죄가 있기 마련이고, 그 행태도 천태만상이다. 개인의 자유가 철저히 통제되는 북한에서도 범죄는 꼬리를 물고 일어난다. 이념과 제도의 차이가 있다고는 하지만 사회적 범죄의 유형은 크게 다르지 않다. 다만 북한의 법규범은 국민의 안전이 아니라 체제와 통수권자를 위한 통제규범이라는 점이 남한과 다른 점이라고 할 수 있다.

북에서는 사법검찰기관을 '프롤레타리아 독재기구'라고 표현한다. 그런데 주민들은 뒤에서 이 공식 명칭 대신 '민주방매(민주방망이)'라는 야유조의 명칭을 사용한다. 나는 여기에 와서 경찰에게 대놓고 목소리를 높여 항의하는 사람을 본 적이 있다. 경찰관은 끝까지 침착성을 잃지 않고 존댓말로 그에게 대응했다. 그때 나는 내가 살았던 북한 사회를 떠올렸다. 국가가 지배 권력으로만 작동하는 북한에서는 정말 상상조차 하기 힘든 장면이었다.

물론 공공질서를 유지하려는 정당한 공권력을 함부로 대하는 것은 결코 옳은 일이 아니다. 하지만 나에게 그 장면은 공권력이 무자비하고 폭력적인 형태로만이 아니라 친절하고 합리적인 대국민 서비스로서 존재할 수도 있음을 증명하는 듯했다. 국가권력을 운영하는 사람들이 뭔가 잘못된 결정이라도 내린다면 언제든 시민들이 항의하고 자신의 의견을 펼칠 여지가 있다는 뜻이 아닌가? 그래서 경찰에게 항의하는 모습은 북에서 내려온 나에게 진정한 민주주의의 모습을 엿보게 해주었다.

언젠가 북에서 디스코가 유행한 적이 있다. 당시 나는 젊고 혈기왕성했다. 나는 3인조 그룹 '소방차'의 음반을 암시장에서 몰래 구입했다. 그런데 그만 그 노래를 듣고 춤을 추다가 적발되고 말았다. 당시 나는 보안기관에 연행돼 며칠 동안 얻어터지면서 취조를 받아야 했다. 다행히 불구속이 되긴 했지만 장장 20일 동안 매일 보안서(경찰서) 마당의 잡초를 뽑고 화장실 청소를 해야 했다. 재판도 변호인도 없이 처해진 노동형. 단지 남한 노래를 듣고 춤을 췄다는 죄 아닌 죄 때문에 말이다.

1990년대 북한에 시장화가 도래하면서 국가의 정상 공급 체계는 마비되고 2001년 7.1경제조치가 취해진 다음부터는 국가 공급에 의존하지 않고 각자가 알아서 자급자족을 하라는 정책이 펼쳐졌다.

그나마 생산수단을 가진 단위나 기관은 독자적으로 먹고살 수 있는 틈새가 있었지만 사법검찰기관들은 공권력을 생계수단으로 하지 않으면 먹고살 수 없게 되었다. 결국 통제자와 행위자 간의 '상부상조' 관계가 조성되고 법기관의 부조리는 일상다반사가 되었다.

몰래 '남한 콘텐츠'를 접하다가 적발되어도 돈이나 물건으로 무마되는 일이 보편화되었다. 상호 간에 금품이 오간 다음에는 관계가 끈끈해지고 친분으로 이어지기 마련이다.

2007년 노무현 대통령이 방북했을 때 김정일 국방위원장에게 선물로 DVD를 준 적이 있다.

"우리 장군님은 〈대장금〉의 이영애 씨 팬이란다."

평양에서 이런 소문이 돌기 시작했다. 수많은 주민들이 한국 드라마를 봤다는 이유로 고초를 겪었지만 북한의 최고지도자는 '탄핵'되지 않았다. 한국에서 가장 놀라웠던 것 중의 하나가 대통령도 체포된다는 사실이었다.

남이나 북이나 법은 있다. 하지만 법이란 누가 무엇을 위해 어떻게 집행하는가에 따라 정의의 편에도 서고 불의의 편에도 서는 듯하다.

내가 도라에몽에게 배운 것

찰스 슐츠 《찰리 브라운과 함께한 내 인생》

나에게도 만화책에 파묻혀 늘 꾸중을 듣던 어린 시절이 있었다. 40여 년 전 내가 사랑한 만화의 주인공은 '도라에몽'이다. 물론 북한에 일본에서 만든 캐릭터가 존재할 리는 없다. 일본에 살던 친척이 보내준 책에서 만난 캐릭터다. 남한에 와서 그 '도라에몽'을 다시 만난 날을 잊을 수가 없다. 정말이지 눈물이 날 지경으로 반가웠다. 그때 나는 '역시 만화 주인공은 만민의 추억과 더불어 영생한다'는 생각을 하며 감탄했었다.

1950년 신문 연재를 시작으로 작가가 세상을 떠난 2000년까지, 시공을 넘어 전 세계 남녀노소의 사랑을 받은 만화 〈피너츠〉, 그리고 주인공 스누피와 찰리 브라운도 마찬가지다. 언제나 실패와 좌절을 거듭하지만 포기하지 않는 찰리 브라운과 친구들의 개성 있는 성격에 독자들은 공감했다. 그리고 주인공들이 펼치는 조금 냉소적이고 건조한 듯하면서도 부드럽고 따뜻한 이야기에 독자들은 울고 웃었다.

그런데 이 사랑스러운 주인공들 뒤에는 50년간 무려 1만 7897편의 그림과 글을 직접 그리고 썼던 자가 찰스 슐츠가 있었다.《찰리 브라운과 함께한 내 인생》은 찰스 슐츠가 직접 쓴 기고문, 책의 서문, 잡지 글, 강연문 등을 묶은 책이다. 이 책에서는 찰리 슐츠라는 불세출의 만화가 개인의 역사는 물론, 만화에 대한 그의 생각과 애정, 그리고 무엇보다 그의 인생에서 가장 큰 자리를 차지한 〈피너츠〉에 대한 갖가지 소회가 흥미롭게 펼쳐진다. 찰스 슐츠 자신의 삶에서 중심을 잡아준 종교와 철학에 대한 사유도 담겨 있다.

북한에 젊은 후계자가 등장하면서 세계의 시선을 모은 '사건'이 있었다. 도라에몽도 없던 평양에 '미키마우스'가 등장한 것이다. 북한이 최고의 적대국으로 삼는 나라의 만화 주인공이 평양 한복판에 등장한 것을 두고 외신들은 "북한의 개혁개방을 의미하는 것"이라고 연일 떠들었다. 나는 그때 '엄청나게 힘센 쥐로군!'이라고 생각했다.

북한도 만화를 만들고 있으며, 유명한 주인공들도 종종 탄생한다. 대표적인 캐릭터가 〈영리한 너구리〉라는 만화의 주인공

'너구리'와 〈소년장수〉의 주인공 '쇠매'다. 남한 학생들에게 보여줬더니 의외로 반응이 좋았다. 북한에도 그런 천진난만하고 귀여운 캐릭터가 있다는 것이 매우 신기하다는 반응을 보였다. 거기에다 워낙 아이들에게 인기가 좋아 '뽀통령'이라는 별명까지 붙은 〈뽀롱뽀롱 뽀로로〉가 남북이 함께 만든 것이라는 이야기를 들려주면 아이들은 깜짝 놀란다. 실제로 〈뽀롱뽀롱 뽀로로〉는 지난 2002년 한국의 아이코닉스라는 회사가 기획하고, 하나로통신(현재 SK브로드밴드), 오콘, EBS교육방송과 더불어 북한의 삼천리총회사가 공동으로 제작한 TV만화다. 즉 〈뽀롱뽀롱 뽀로로〉는 남측의 기획력과 북측의 노동력이 결합한 하나의 실험적 경제모델이었다.

나는 만화 이야기 하나로 한국 학생들이 가지고 있던 북한에 대한 부정적인 이미지와 선입관이 순식간에 바뀌는 것을 보았다. 역시 만화의 힘은 여러 모로 대단하다는 것을 피부로 느꼈다.

북한에서 살던 나에게는 '어른들을 위한 만화'도 참 인상적이었다. 북한에서 '만화는 애들이나 보는 것'일 뿐이다. 나는 요즘 스마트폰으로 웹툰을 즐겨 보고 있다. 세상에 이렇게 재미있는 것이 또 있을까 싶다. 나는 만화를 보면서 이런 생각을 한다. '만화의 주인공이 심어준 동심의 추억들은 어린 시절과 함께 끝나는 것이 아니라, 우리와 함께 계속 성장한다'고….

대부분의 평범한 사람들은 어려운 세상살이 속에서도 여전히 '꿈은 반드시 이뤄질 것'이라는, 그런 희망을 가지고 살아가고 있으니까 말이다. 목숨을 걸고서라도 더는 살아서는 안 되는 나라의 국경을 넘어야겠다는 나의 오래전 결심도 어쩌면 용감한 도라에몽 덕분인지 모른다. '뽀로로'도, '스누피'도, '찰리 브라운'도 마찬가지다. 일생을 살아가는 동안 가장 결정적인 순간에 이 친구들은 반드시 우리 곁에 머물러줄 것이다.

늦깎이 대학생이 되어

장수철, 이재성《아주 특별한 생물학 수업》

남한에 와서 뒤늦게 다시 시작한 공부. 나는 요즘 대학원 논문 때문에 골머리를 앓고 있다. 그리 길지 않은 미래에 대비해 학위를 취득하는 편이 좋을 것 같아 시작한 공부지만 학위를 딴들, 과연 큰 도움이 될지 아직은 잘 모르겠다. 작가인 나에게 가장 값진 논문은 바로 좋은 소설을 쓰는 것이겠지만 '배는 이미 떠났으니 부지런히 노를 젓는' 수밖에 없다.

그런데 새로 공부를 시작한 내 눈에 들어온 책이 있었다. 바로《아주 특별한 생물학 수업》이다. 동료 대학교수가 서로 스승과 제자가 되어 수업을 진행하고, 그 내용을 담은 책이라 특별히 눈길이 갔던 것이다. 늦깎이 대학생인 나의 머릿속에 두 저자의 모습이 그림처럼 잘 그려졌기 때문이다.

연세대에서 일반생물학을 가르치는 장수철 교수에게 어느 날 특별한 제안이 들어왔다. 일반인을 대상으로 생물학 입문서를 써달라는 것이었다. 구미가 당기는 제안이었지만, 글쓰기가 두려웠던 장 교수는 궁리 끝에 자신의 '절친'이자 국어학자인 이재성 교수를 섭외했다. 나이가 들어 생물학이 무엇인지 까맣게 잊어버린 40대 아저씨를 표준 삼아 1대 1 질의응답 형식으로 책을 집필한 것이다.

책장을 넘기다 보면 두 사람이 친근한 언어로 주고받는 대화에 마치 내가 참여하고 있는 듯한 느낌이 든다.

나는 북에서도 대학을 나왔고 남한에 와서도 다시 대학을 나왔다. 그리고 현재는 대학원에서 공부를 하고 있다. 대학에서 보낸 세월이 십 수 년을 훌쩍 넘는 셈이다. 학교라는 공간은 '스승과 제자'라는 가장 숭고한 인간관계가 중심을 이루는 아주 특별한 곳이다. 그런데 이 신성한 곳에서 교수가 여학생을 상대로 성범죄를 저지르거나 학생에게 갑질을 하는 등 불미스러운 일이 자꾸 벌어져서 가슴을 아프게 한다.

북에도 '스승과 제자'의 관계가 존재한다. 모든 면에서 낙후되고 정신적 발전도 더딘 북한 사회지만, 그래서인지 선생님에 대한 존경심은 오히려 고이 간직돼 있다. 남한처럼 '스승의 날'은 따로 없지만 권력을 행사하는 당 간부도, 검사도, 군인도 학

220

창 시절의 선생님을 찾아가 뵙는 일이 많다.

예전에는 북한에서 제일 못사는 사람이 선생님이었다. 너무 고지식해서 그렇다는 것이 세간의 얘기였다. 나도 북에서 한때 선생이라는 직업으로 살았다. 그래서 그 고지식함을 조금 이해한다. 제자들이 어디서 볼까봐 늘 행동거지에 노심초사하며 살았었다.

그렇게 가난했던 북한의 선생님에게 한 가지 아이러니한 현상이 생겼다. 1990년대 이후 중학교(남한의 고등학교) 선생님들의 삶이 급격히 윤택해진 것이다. 그런데 이게 당국에서 월급을 올려주거나 대우가 좋아져서가 아니었다. 오히려 당국이 식량이나 월급을 주지 못하는 상황이 되자 학부모들이 주는 '뇌물'로 생활해야 했는데 이것이 월급보다 훨씬 많았던 것이다.

어떻게 이런 일이 가능했을까? 사실 북한의 중학교 교사에게는 아주 강력한 권한이 하나 있다. 바로 졸업할 때 담임이 작성하는 '생활평정서'가 죽을 때까지 영향을 미친다는 것이다. 이 때문에 월급이 끊긴 선생님들의 생활이 더욱 윤택해지는 희한한 현상이 생긴 것이다. 그런데 또 하나 재미있는 현상은, 그럼에도 북한 선생님의 모습이 여전히 '정직함'이나 '깨끗함' 등의 표상으로서 긍정적으로 유지되고 있다는 점이다. 북한 사회의 문화적 특성상 개인을 상징하는 '어머니'보다는 집단을 상징하는 '선생님'의 지위가 더욱 높게 인식되기 때문이다. 그래서 북에서는 담임선생님이 웬만해서는 바뀌지 않는다. 다시 말해 입학 당시의 담임선생님이 졸업까지 시키는 것이 원칙이다.

한국에서는 담임선생님이 1년에 한번 바뀐다고 한다. 그 이유는 모르겠지만 스승과 제자 간의 알고리즘 역시 인간과 인간의 정으로 작동해야 한다고 생각한다. 어느 학교에 강의를 나갔다가 선생님과 이런저런 이야기를 나누게 되었다. 그런데 놀랍게도 학생들에 대한 훈육 자체가 금지되어 있다는 말을 듣고 한숨이 나왔다.

"스승님과 부모님이 드는 매는 사랑이고, 제자나 자녀의 장래를 위한 것이라고 생각합니다만."

"그것도 옛말이죠. 요즘에는 공교육보다 사교육이 활발해서 교권이란 개념도 많이 바뀌었습니다."

정년퇴직까지 얼마 남지 않았다는 선생님의 한숨 섞인 말이 상당히 구슬프게 들렸다.

"사제 간의 장벽은 완전히 허물어진 것 같은데 남북 간의 장벽은 아직 그대로 있네요…."

스승과 제자 간의 벽은 무너졌어도 거리는 더욱 벌어지고 있다는 생각에 나도 모르게 튀어나온 솔직한 심정이었다.

생각하는 즐거움

전창훈《엔지니어의 생각하는 즐거움》

올해도 어김없이 찾아드는 봄기운을 느끼면서 살아온 날보다 살아갈 날들에 대한 오만 가지 생각을 한다. 그러던 중《엔지니어의 생각하는 즐거움》이라는 책을 보게 되었다.

우선 '엔지니어'라는 단어에 눈길이 갔다. 돌이켜보면 처음 남한에 와서 가장 애를 먹은 것이 바로 언어였다. 탈북을 준비하던 때만 해도 의사소통에 문제가 생길 것이라고는 꿈도 꾸지 못했다. 남북한은 한 민족이고 당연히 같은 말을 쓰는 것으로 알았기 때문이다. 그런데 웬걸! 와서 보니 무슨 외래어가 이렇게 많은지…. 그때부터 나는 '현대 한국어'를 마치 외국어 배우듯 공부해야 했다.

서점에서 '엔지니어의 생각하는 즐거움'이란 제목을 보면서 그때가 생각나 혼자 빙긋이 웃었다. 북한 같았으면 책 제목을 '기술자의 생각하는 즐거움' 또는 '기사의 생각하는 즐거움'이라고 했을 것이다. 하기야 '…의 생각하는 즐거움'이라는 제목이 쓰였을 리도 없겠다. 북한은 인민들이 스스로 생각하는 것을 아예 용납하지 않는 체제이니 말이다.

저자 전창훈 박사는 대학에서 기계공학을 전공했고 직업도 가졌지만, 33세라는 늦은 나이에 프랑스로 유학을 떠나 박사 학위를 받았다. 이후 미국의 프린스턴대학교 플라즈마 물리학 연구소 연구원으로 10년을 지낸 후에 지금은 다시 프랑스로 건너가 국제핵융합공동개발 프로젝트 소속으로 일하고 있다. 전 박사는 그야말로 첨단의 현역 엔지니어다.

90세까지 현역으로 활약했던 피아니스트 루빈스타인을 멘토로 삼고 있다는 저자는 《엔지니어의 생각하는 즐거움》에서 우선 우리의 현재를 진단한다. 우리는 성장의 시대를 거쳐, 이제 성숙의 시대를 살아가고 있다고 그는 말한다. 따라서 지금까지 익숙했던 삶의 패러다임은 더 이상 통하지 않는단다. 생존을 위해서는, 나아가 시대를 주도하기 위해서는 성실과 끈기와 인내보다 한 걸음 더 나아가는 덕목이 필요하다고 저자는 역설한다. 나와는 정말 다른 차원의 시간을 쓰는 사람이 아닌가 싶다. 워낙 설득력 있게 글을 잘 쓴지라 읽으면서 절로 고개가 끄덕여졌다. 이 책은 엔지니어만이 읽을 내용이 결코 아니다. 나를 비롯해 모든 사람이 읽어야 할 책이다.

북한에도 엔지니어는 존재한다. 그런데 과학기술자로 계층화된 그들의 사회적 위상은 남한과는 천지차이다. 북한에서는 사회변혁의 원동력은 과학기술의 발전이라고 말로는 크게 떠든다. 하지만 그 체제의 특성상 지식과 기술을 소유한 계층을 '신념이 확고하지 못하고 우유부단하며 소심한 동요 계층'으로 규정하고 알게 모르게 차별하고 통제한다. 다만 북한에서 제일 힘세고 인기 좋은 엔지니어가 있긴 하다. 바로 '인간개조 기사'라고 불리는 당 간부들이다. 물론 북한식 농담이다.

북한 엔지니어들의 월급은 북한 돈 3000~5000원 정도다. 화폐가치가 다르다고는 하지만, 도저히 먹고살 수 있는 액수가 아니다. 결국 그들은 고등교육을 통해 습득한 기술이나 자격만으로는 살아갈 수가 없다. 그래서 장마당에 나가 전기제품을 팔기도 하고, 자전거를 타고 농촌에 나가 쌀을 사다가 도시에서 팔기도 하며, 생계를 위해 악전고투하고 있다.

어렵사리 배우고 익힌 엔지니어의 기술과 지식도 어려운 나라 형편 탓에 경제가 침체되고 문화가 부진해지니 아무짝에도 쓸모가 없어진 것이다. 또한 북한에서는 엔지니어들이 창안하거나 도입한 생산 기술이나 설비가 실패를 하게 되면 국가에 어마어마한 손해를 끼쳤다는 죄명으로 반역자가 되는 경우도 있었다. 이미 지나간 과거 이야기지만 국가가 주민들의 공급과 수요를 충족해주던 그 시기에는 애매하고 억울하게 처벌을 받고 심지어 목숨까지 잃은 엔지니어들도 있었다.

반대로 성공한 경우에는 과분할 정도의 칭찬을 받고 물질적인 보상도 받는다. 평범한 공장의 엔지니어가 기술 혁신을 일으킬 기술이나 설비를 성공시키고는 일약 평양 시민이 되고 넓은 아파트를 받고 높은 지위까지 얻는 영웅 신화와 같은 이야기도 있긴 하다.

한국에 와서 '기술특허'라는 제도가 있는 것을 처음 알았다. 특허권이 있으면 가만히 앉아 있어도 돈이 들어온다고 들었다. 아마 한국의 엔지니어들에게는 충분히 생각하는 즐거움이 있을 것이다. 그리고 기술직들이 월급도 높다는 소리도 들었다. 생각하는 것 자체가 돈과 명예로 이어지니 즐거울 수밖에 없을 것이다. 물론 즐겁지 않은 엔지니어들도 있겠지만 말이다.

"다재多才가 무재無才"라는 옛말이 있긴 하다. 하지만 이는 말 그대로 옛말이 됐다. 초고령화 사회로 진입한 지금은 한 가지 재능만 가지고는 안온한 인생을 영위할 수 없게 되었다. 나 역시 벌써 노년을 생각한다. 나는《엔지니어의 생각하는 즐거움》을 읽으며 늙어서까지 일할 수 있는 직업을 지금부터 구체적으로 구상해야겠다는 결심을 하게 됐다. 훗날 아내와 딸의 구박을 받지 않으려면 말이다. 늙어서도 나는 열심히 일하는 든든한 가장이 되고 싶다.

내 인생 최고의 그림

정소연 《그림을 걸다 창을 내다》

흔히 아름다운 자연 풍경이나 인상 깊은 장소를 '한 폭의 그림' 같다고 표현하지만 그것도 요즘에는 옛말처럼 들린다. 디지털 문화의 발전으로 그림보다는 사진이나 동영상이 판을 치고 있으니 말이다. 순식간에 주고받는 디지털 콘텐츠들이 우리의 일상에 소소한 즐거움을 주는 것은 분명하지만, 이와 더불어 진정한 예술이라 할 만한 미술작품들은 우리 곁에서 점점 멀어져만 가는 듯해서 못내 아쉽다. 인생의 깊은 성찰과 사유의 계기가 되어주기에는 아직 디지털 콘텐츠가 가야 할 길이 멀어 보인다.

기능이 아닌, 창의가 중요한 시대라는 말을 한다. 오랫동안 디즈니의 만화와 재패니메이션Japanimation의 대부분을 한국인들이 그렸지만, 소득은 고스란히 창작자의 손에 들어갔다. 이런 것을 보면 창의성을 강화하고 키우기 위해 주변을 새롭게 관찰하고 재편집하고 창조하는, 바로 그런 시각이 필요하다는 생각이 든다. 《그림을 걸다 창을 내다》는 예술가들이 일상에서 어떻게 창작의 순간을 맞이하고 발전시켜나가는지를 섬세하게 보여주고 있다.

이 책은 미술책 전문 편집자이자 열성적인 미술 애호가인 저자가 15명의 미술인들과 나눈 대화를 담고 있다. 이들 15명의 공통점은 전업 예술가, 즉 자신의 작품에 운명을 건 작가들이라는 것이다. 저자는 이들에게 예술가로서의 철학, 작품에 영향을 받은 매체, 예술가의 길로 접어든 계기, 작업실의 풍경, 작업 중에 겪은 갖가지 에피소드 등을 묻고 있다.

사선을 건너 한국에 들어온 후 내 나이 쉰이 넘어 얻은 금지옥엽 늦둥이 딸. 얼마 전 그 딸아이의 돌잔치를 했다. 많은 분들의 축복을 받으면서 방긋 웃는 딸의 모습을 보니 세상에 이런 행복이 있을까 싶었다. 내가 방송을 하는 덕에 유명 MC 남희석 씨도 직접 와주셨다. 또 배우 박은혜 씨도 축복의 메시지를 보내주셨고, 배현진 아나운서도 화환을 보내 축하해주었다. 그야말로 그날은 내 인생 최고의 '그림'이 그려진 날이었다.

그러나 그날 실제로 나의 행복한 모습을 남겨준 사람들은 화가가 아니라 사진사였고, 여기저기에서 스마트폰을 치켜들었던 지인들이었다.

가끔 길거리에서 그림을 파는 행상인을 볼 때마다 마음이 허전해진다. 그의 재능과 노력이 배어 있을 그림들이 길바닥에 매연을 덮어쓰고 놓여 있는 것을 보노라면 모든 예술품의 눈물을 보는 것만 같기 때문이다. 스마트폰 안의 세상에서는 그보다 훨씬 조악한 그림들도 애잔한 시구詩句라도 실어 나르며 나름 사랑받는데 말이다.

북한에도 화가는 존재한다. 그곳에서는 '미술가'라고 불리면서 평양의 만수대창작사라는 본거지를 중심으로 지방마다 미술창작사라고 하는 전문가 조직이 구성돼 있다. 북한에서 최상의 미술작품은 역시 '김 부자'를 형상화한 그림이다. 북에서는 이런 작품을 '1호 형상' 작품이라고 부른다. 아무리 멋진 인물화나 풍경화를 그려도 '1호 형상' 그림들과는 대우가 하늘과 땅 차이다. 그렇다고 해서 누구나 마음대로 1호 형상을 그릴 수 있는 것은 아니다. 1호 형상 작가들은 수차례의 검증 과정을 거치고 심지어 출신성분까지 따져가면서 엄격하게 선정된다. 자칫 붓대를 잘못 놀렸다가는 농촌으로 추방되거나 탄광·광산으로 쫓겨나는 일도 있을 정도다.

남한에도 그림을 그리거나 책을 써서는 먹고살 수 없다는 말이 있지만(물론 대박도 가끔은 있다고 들었다) 북한 화가들 역시 예외가 아니다. 그나마 2000년 이후 시장경제가 활성화되면서 돈 잘 버는 사람들이 생겨났고, 그들이 집 안에 그림을 걸기 시작하면서 미술작품에 대한 수요가 생기기도 했다. 한 가지 흥미로운 점은 북한 사람들이 선호하는 그림은 호랑이나 용이 그려진 그림이라는 것이다. 그런 그림이 잡귀신을 쫓아준다는 미신 때문이다.

한편 평양의 상류층들은 대형 풍경화로 벽을 채워놓기도 한다. 그런데 이는 소장 가치보다는 집 안의 인테리어를 위해서다. 하기야 그런 그림을 사고파는 시장이 있어야 소장 가치도 만들어지는 것인데, 그림을 가질 수는 있어도 팔 수는 없으니, 소장 가치라는 것이 있을 수가 없다.

사실 기량이나 창의성이라는 측면에서 보면 북한 화가들의 잠재력이 결코 만만치 않다. 그러니 먼 훗날《그림을 걸다 창을 내다》를 쓴 정소연 씨가 북한 화가들을 직접 취재해 후속편을 써주기를 기대한다.

나의 소원은

캐럴라인 조핸슨 《행복한 크리스마스 장식》

며칠 전 아내가 뜬금없이 소원을 들어달라고 애교를 피웠다. 아닌 밤중에 홍두깨 같은 아내의 애교! 혹시 명품 백이라도 사달라는 것은 아닐까. 순간 경계심이 발동한 나는 주머니 속의 지갑을 움켜쥐었다. 이 나라 모든 여인들을 유혹하는 연말 백화점 세일은 정말 무섭다.

하지만 아내의 소원은 어이없을 만큼 소박한 것이었다. 크리스마스트리! 고작 그것을 만들고 싶다는 것이었다. 보석 반지나 명품 백이 아니라서 다행이다 싶기는 했지만, 크리스마스트리 역시 가격대가 천차만별이라 조금 고민되었다. 좀 크고 예쁘게 꾸미려면 책을 열 권쯤은 사볼 수 있는 돈을 써야 한다.

그래도 어떡하겠는가? 사랑하는 아내가 원하니 말이다. 그런데 크리스마스트리와 장식품들을 사기 전에 이 책을 만났더라면 지갑이 좀 덜 야위었을 텐데 아쉽다.

스웨덴의 유명 일러스트레이터 겸 디자이너인 캐럴라인 조핸슨이 직접 그린 장식 종이가 들어 있는 이 책은 읽는 책이라기보다는 만드는 책이다. 북한에서는 이런 책을 본 적이 없다. 그래서 일단 놀랍기도 하거니와 참 친절한 책이라는 생각이 들었다. 북유럽의 깨끗한 자연을 연상시키는 패턴, 차분하고 안정감 있는 세련된 색의 매치, 직선과 사선의 생동감 있는 조화 등의 특징이 있는 장식 종이들이 책 속에 들어 있다. 온 가족이 단란하게 크리스마스 장식을 직접 만들며 유쾌하게 시간을 보내게 해주는, 정말 좋은 책이다.

크리스마스는 세계적 기념일이다. 하지만 종교 자체를 부정하는 북한에 크리스마스가 있을 턱이 없다. 그런데 재미있는 사실 하나! 북한식 크리스마스이브는 있다. 무슨 소리인가 하면, 12월 24일은 바로 김일성의 아내이자 김정일의 생모인 김정숙의 생일이다. 이날 북한은 '충성의 노래 모임'이라는 전 국민적 음악회를 열어 일종의 축제 분위기를 낸다. 남과 북은 필경 하나의 핏줄인데 서로 다른 크리스마스를 보내고 있는 셈이다.

어쨌거나 소원을 성취한 아내에게 도대체 왜 크리스마스

트리가 갖고 싶었는지 물어보았다. 그러자 남한에 와서야 알게 된 사실인데, 이 나무가 소원을 들어준다는 대답이 돌아왔다. 산타할아버지며 양말이며 줄줄이 이어지는 아내의 이야기에 나는 또다시 지갑을 움켜쥐지 않을 수 없었다. 결국 아내의 진짜 소원은 크리스마스에 산타 남편이 양말 속에 다이아몬드 반지라도 넣어주는 것일지도 모른다. 그렇다고 어른에게 산타클로스는 굴뚝이 없으면 집 안에 못 들어온다고 변명할 수도 없는 노릇이었다. 뭐, 어쨌거나 착하고 현명한 아내의 소원은 크리스마스트리를 예쁘게 꾸며 집 안을 아름답게 장식하는 것뿐이었으니까.

남한에서 만난 내 아내도 탈북자다. 힘겨웠던 북한에서의 과거를 털어버린 채 많은 것을 보고 누릴 수 있게 된 아내의 소원은 정말 소박했다. 그런 아내를 곁에서 지켜보는 나 역시 새삼 다시 행복해진다. 이렇게 해서 우리 부부는 생애 첫 크리스마스트리를 갖게 됐다. 예쁘게 장식된 트리를 보면서 문득 이런 깨달음을 얻는다.

'작은 나무 하나조차 어떤 마음으로 대하느냐에 따라 이토록 커다란 행복을 만들어주는구나.'

남한에서의 내 삶은 하루하루가 깨달음의 연속이다. 여기 오기를 참 잘했다.

에필로그

한국에 정착한 지 어언 11년 차가 된다. "세월은 유수와 같다" 더니, 정말 눈 깜짝할 사이에 지나가 버린 시간이다.

정착 초기 나의 모습을 돌이켜보면 가끔 웃음이 난다.

대형마트에서 다른 사람들이 할부로 물건을 사는 것을 보고 는 '할부'라는 마법을 부리는 신용카드를 정말 가지고 싶었다. 그래야 한국 사람인 척할 수 있다는 생각이 들었기 때문이다.

난생처음 내 차가 생긴 날에는 밤새도록 차에서 음악을 틀 어놓고 미친 듯이 기뻐하기도 했다.

열심히 일해서 모은 500만 원이 들어 있는 통장을 흡족하게 바라보다가 베개 밑에 깔고 행복하게 잠들었던 적도 있다(물론 500만 원은 지금도 나에게는 큰돈이다).

찜질방에서 "무슨 운동을 하면 그렇게 뱃살이 없냐"는 질문 을 받고는 "북한에서 딱 3개월만 살다 오시면 이렇게 된다"고

쏘아붙였던 일도 있다. 이제는 그때의 내가 그립기만 하다. 요즘 나의 고민거리이자 콤플렉스는 탈모와 뱃살이기 때문이다.

"김 선생님, 운동도 좀 하고 건강관리도 좀 하셔야죠."

"그러게 말입니다. 내 배도 완전히 자본주의화가 다 되었네요."

북한에서 자본주의사회의 자본가들을 형상화한 캐릭터를 보면 모두 배가 남산 만하게 그려져 있었다. 내 배처럼 말이다.

10년이면 강산도 변한다는 말처럼 나에게도 많은 변화가 일어났다. 지난 11년은 번데기였던 내게 나비로 환골탈태(換骨奪胎)하는 과정이었다.

처음에 "김 선생, 신문에 글을 연재할 수 있어요?"라는 제안을 받았을 때 '북한에서 온 사람도 글을 쓸 수 있느냐?'는 뉘앙스로 들려서 살짝 오기가 발동했었다.

그래서 "북에서 왔다고 못할 일은 없죠. 뭘 쓸까요? 칼럼? 에세이? 아니면 소설?"이라고 물었었다.

"책이라는 창문을 열고 남과 북을 살펴보면 어떨까요?"

'책이라는 창문을 연다!' 참 가슴에 와 닿는 말이었다.

이 말을 나에게 해준 사람이 바로 평론가이며 칼럼니스트인 김성신 씨였다. 그는 '책 한 권 읽지 않고 영화만 보는' 나를 다시 '글쟁이'의 길로 떠밀어준 친구이자 은인이다.

그의 말대로 매주 서평을 쓰면서 '책이라는 창문'을 열어보니 새로운 것들이 보이기 시작했다. 나에게는 자유롭고 행복한 땅으로만 인식되었던 이 사회의 어두운 구석에 고여 있던 비애와 슬픔의 '웅덩이'가 보였고 누군가의 웃음 뒤에 숨어 있던 또 다른 이의 눈물을 발견하기도 했다.

사람들은 아름다운 정원에 감탄을 보내면서도 그 정원을 가꾼 누군가의 노력에 대해서는 모르고 지나치는 법이다.

북한에서는 몰랐다가 남한에 와서야 비로소 맛본 '자유'의 진미가 때로는 달지만 때로는 쓰기도 하다는 사실을 절감한 것도 책이라는 창문을 열고부터였다.

몇 년 동안 내가 열어본 '창문'들은 나에게 많은 것을 보여주었고 또 많은 것을 깨닫게 해주었다.

그만큼 내가 펼쳤던 책갈피 속에는 수많은 교훈과 진리뿐만 아니라 욕망도 새겨져 있었다. 이 책이 나오기까지 내가 접했던 수많은 책의 저자들에게 감사의 인사를 전하고 싶다.

아울러 책을 펴낼 기회를 마련해준 어크로스 출판사와 김성신 평론가에게 다시 한 번 고개 숙여 인사를 드린다.

그리고 저를 응원해주시고 사랑해주신 모든 분들에게 뜨거운 감사의 마음을 전한다.

'작은 나무 하나조차 어떤 마음으로 대하느냐에 따라
이토록 커다란 행복을 만들어주는구나.'
남한에서의 내 삶은 하루하루가 깨달음의 연속이다.

한국이 낯설어질 때 서점에 갑니다

초판 1쇄 발행 2019년 11월 27일

지은이 | 김주성
발행인 | 김형보
편집 | 최윤경, 박민지, 강태영, 이환희, 김지희
마케팅 | 이연실, 김사룡, 이하영
경영지원 | 최윤영

발행처 | 어크로스출판그룹(주)
출판신고 | 2018년 12월 20일 제 2018-000339호
주소 | 서울시 마포구 양화로10길 50 마이빌딩 3층
전화 | 070-5080-4037(편집) 070-8724-5877(영업) 팩스 | 02-6085-7676
e-mail | across@acrossbook.com

ⓒ 김주성 2019

ISBN 979-11-90030-26-7   03810

이 도서의 국립중앙도서관 출판예정도서목록(CIP)은 서지정보유통지원시스템 홈페이지 (http://seoji.
nl.go.kr)와 국가자료공동목록시스템(http://www.nl.go.kr/kolisnet)에서 이용하실 수 있습니다.(CIP
제어번호 : CIP2019046797)

만든 사람들
편집 | 강태영
교정교열 | 윤정숙
표지디자인 | 김아가다
본문 조판 | 성인기획